KB142286

마지막 잎새

오 헨리 단편선

마지막 잎새

오 헨리 단편선

오 헨리 지음 | 김명철 옮김

더클래식

차례

마지막 잎새

워싱턴 스퀘어 서쪽에는 길이 이리저리 얽히며 뻗어 나가 조각조각 끊어져 있는 '플레이스'라고 불리는 곳이 있다. 이곳의 길들은 기묘하게 경사지고 굽어 있어 한두 번씩 제 길과 교차하고 있다. 예전에 어떤 예술가는 이곳의 요긴한 가능성을 발견했다. 물감, 종이, 캔버스 대금을 받으러 온 수금원이 이 길로 들어서면 한 푼도 받지 못한 채 길을 헤매고 제자리걸음을 하는 게 아닌가!

그 때문에 예술가들은 북향 창문과 18세기 박공지붕, 그리고 네덜란드식 다락방의 값싼 셋집을 찾아 진기하고 예스러운 그리니치 빌리지로 몰려들었다. 이들은 6번가에서 백랍 머그잔과 채핑디쉬(음식의 온도를 유지하기 위해 풍로가 딸린 냄비_옮긴이)를 가져왔고 그들의 '촌락'을 구성했다.

나지막한 3층짜리 벽돌집 꼭대기에 수와 존시의 화실이 있었다. '존시'는 존안나의 애칭이었다. 한 명은 메인 주, 다른 한 명은 캘리포니아 주 출신이었다. 두 사람은 8번가에 있는 '델모니코' 식당에서 식사를 하다 만났는데, 예술과 치커리 샐러드, 그리고 비숍풍 옷소매에 대한 취향이 서로 같다는 것을 발견하고는 마음이 맞아서 함께 화실을 쓰게 되었다.

그때가 지난 5월이었다. 11월이 된 지금, 의사들이 폐렴이라고 부르는 차갑고, 보이지 않는 이방인이 이 촌락을 배회하며 얼음 같은 차가운 손가락으로 여기저기 건드리고 다녔다. 동쪽 지역에서 이 파괴자는 수십 명씩 희생자들을 감염시키며 성큼성큼 다가왔지만, 좁고 이끼 낀 '플레이스'의 미로 속에서 발길을 늦추었다.

미스터 폐렴은 소위 신사도를 갖춘 예의 바른 노신사는 아니었다. 캘리포니아의 산들바람 속에 자란 작고 깡마른 여자는 피 묻은 주먹에 숨결이 거친 이 노인의 적수가 될 수 없었다. 그런데도 그는 존시를 덮쳤다. 그녀는 페인트칠한 철제 침대에 꼼짝없이 누워서 네덜란드풍의 작은 유리창을 통해 옆집의 벽돌로 쌓은 텅 빈 벽만 바라보고 있었다.

어느 날 아침, 바쁜 의사는 텁수룩한 회색 눈썹을 찡긋거리며 수를 복도로 불러냈다.

"저 아가씨가 나을 가능성은 글쎄, 열에 하나요."

의사가 체온계를 흔들어 수은을 털어 내리며 말했다.

"그나마도 살려는 의지가 있어야 가능해요. 지금처럼 장의사만 기다린다면 어떤 처방도 효과가 없지. 가엾은 당신 친구는 자신이 낫지 않을 거라 생각하고 있어요. 그녀가 마음 쓰는 일이 뭐 없을까?"

"음, 저 친구는 언젠가 나폴리 만을 그려 보고 싶어 했어요."

수가 말했다.

"그림? 에이! 무언가 마음을 쏟을 만한 게 없느냐고, 예를 들면 남자라든지?"

"남자요?"

수가 의외라는 듯이 말했다.

"남자가 도움이…… 아니요, 선생님. 그런 남자는 없어요."

"음, 그렇다면 문제요."

의사가 말했다.

"지금처럼 내가 의학으로 할 수 있는 노력은 최대한 해 보겠소. 하지만 환자들이 자신의 장례식 모습을 떠올리기 시작한다면, 난 약효가 반으로 줄어든다고 봐요. 만일 저 아가씨가 이번 겨울에 새로 유행할 외투 소매가 궁금해 당신에게 물어보게 만든다면 살아날 가능성은 열에 하나가 아니라 다섯에 하나 정도 될 거라고 내 약속하리다."

의사가 돌아간 뒤, 수는 작업실로 들어가 일본제 냅킨이 다 해어지도록 울었다. 그러고는 화판을 들고 휘파람으로 흥겨운 노래를 불며 활기차게 존시의 방으로 들어갔다.

존시는 침대보에 주름 하나 만들지 않은 채, 얼굴을 창문 쪽으로 향하고 누워 있었다. 수는 그녀가 잠들어 있다고 생각하고 휘파람을 멈췄다.

수는 화판을 놓고 펜과 잉크로 잡지 연재소설에 들어갈 삽화를 그리기 시작했다. 젊은 소설가들이 문학의 길을 헤쳐 나가기 위해 기고하는 잡지 연재소설에, 젊은 화가들은 삽화를 그려 자신의 길을 닦아 나가곤 했다.

수는 소설 주인공인 아이다호 카우보이의 우아한 승마 바지와 외알 안경을 그리고 있다가 몇 번인가 되풀이해서 들려오는 나지막한 소리를 들었다. 수는 얼른 침대 곁으로 다가갔다.

존시는 눈을 또렷이 뜨고 있었다. 그녀는 창밖을 내다보면서 숫자를 세고 있었다. 그것도 거꾸로.

"열둘."

그러더니 잠시 후 말했다.

"열하나."

"열."

"아홉."

그러더니 "여덟." "일곱."을 거의 동시에 세었다.

수는 창밖을 유심히 내다보았다. 뭘 세고 있는 것일까? 거기에는 황량하고 쓸쓸한 마당과 6미터쯤 떨어진 곳에 벽돌집의 텅 빈 벽밖에 보이지 않았다. 뿌리가 썩고 말라비틀어진 늙은 담쟁이덩굴이 벽을 반쯤 타고 올라가 있었다. 가을의 차가운 입김에 시달린 담쟁이덩굴만이 잎을 거의 다 떨어뜨려 앙상해진 채 허물어져 가는 낡은 벽에 매달려 있었다.

"뭘 세고 있는 거니?"

수가 물었다.

"여섯."

존시가 속삭이듯 말했다.

"이젠 더 빨리 떨어지고 있어. 3일 전에는 거의 백 개는 있었거든. 세느라 머리가 아플 정도였는데, 지금은 어렵지 않아. 저기 또 하나 떨어지네. 이제 5개 남았어."

"뭐가 다섯이니, 존시?"

"나뭇잎 말이야. 담쟁이 줄기에 붙은 나뭇잎. 마지막 잎사귀가 떨어지면 나도 가겠지. 난 사흘 전부터 알고 있었어. 의사가 너에게 말하지 않던?"

"아, 그런 바보 같은 소리는 들어본 적 없어."

수는 일부러 어이없다는 듯 말했다.

"마른 담쟁이덩굴 잎사귀랑 네가 낫는 거랑 무슨 상관이 있다는 거니? 그리고 넌 저 담쟁이를 아주 좋아했잖아, 이 철부지 아가씨야. 그런 바보 같은 소리 그만둬. 음, 의사가 오늘 아침에 말하길 네가 곧 완쾌될 확률은, 그러니까 정확히 뭐라고 했냐면, 십중팔구랬어! 그러니까 뉴욕에서 전차를 타거나 걸어갈 때 새로운 건물을 지나치게 될 확률만큼이나 높은 거야. 이제 수프 좀 마셔 봐. 나는 다시 그림을 그려서 그걸 편집자한테 팔아 가지고 우리 아픈 철부지에게 포도주도 사 주고 식성 좋은 나는 돼지고기도 사 먹어야겠다."

“포도주는 더 살 필요 없어.”

존시가 시선을 창밖에 고정시킨 채 말했다.

“또 하나가 떨어지네. 아니, 난 수프도 필요 없어. 이제 네 잎밖에 안 남았네. 어두워지기 전에 마지막 잎이 떨어지는 걸 보고 싶어. 그럼 나도 가는 거야.”

“얘, 존시.”

수는 그녀에게 몸을 굽히며 말했다.

“내가 일을 마칠 때까지 눈 딱 감고 창밖을 보지 않겠다고 약속해 주지 않겠니? 내일까지 그림을 넘겨야 해. 그림 때문에 빛이 필요하지만 않았어도 벌써 커튼을 내려 버렸을 거야.”

“다른 방에 가서 그릴 순 없어?”

존시가 차갑게 물었다.

“네 옆에 있고 싶어서 그래.”

수가 말했다.

“그리고 네가 저 바보 같은 담쟁이 잎을 보지 않았으면 좋겠어.”

“그림을 다 그리는 대로 말해 줘.”

존시는 눈을 감으며, 쓰러진 조각상처럼 창백한 모습으로 꼼짝없이 누워 말했다.

“마지막 잎사귀가 떨어지는 걸 보고 싶어서 그래. 이젠 기다리는 것도 지쳤어. 생각하는 것도 지쳤고. 전부 다 내려놓고 아래로 아래로 떠내려가고 싶어. 저 가엾고 지친 나뭇잎처럼.”

“잠을 좀 자 보렴.”

수가 말했다.

"난 베어만 할아버지에게 은둔한 늙은 광부 모델이 되어 달라고 부탁해야겠어. 1분도 안 걸릴 거야. 내가 올 때까지 움직이지 말고 있어."

베어만 영감은 두 사람의 화실 아래 1층에 사는 화가였다. 그는 예순 살이 넘었으며, 미켈란젤로의 모세상 같은 수염이 사티로스 같은 머리에서부터 악동 같은 몸으로 곱슬곱슬 감겨 내려왔다. 베어만은 실패한 화가였다. 40년이 넘도록 붓을 들어왔지만 위대한 예술가의 옷자락 근처에도 가지 못했다. 그는 언제나 걸작을 그리려 했지만, 시작조차 하지 못했다. 이따금 광고나 상업용으로 쓰일 서투른 그림만 그렸을 뿐 그 이외에는 몇 년 동안 아무 그림도 그리지 않았다. 전문적인 모델을 고용할 돈이 없는 이 마을의 젊은 화가들을 위해 모델을 서 주고 푼돈을 벌었다. 그는 진을 과하게 마시면서, 언젠가 걸작을 그리겠노라 말하곤 했다. 이외에 그는 사람들이 연약한 모습을 보이면 이를 심하게 나무라는 다혈질이었으며, 자신을 위층 화실에 있는 젊은 두 예술가들을 보호하는 특별한 경비견이라 여겼다.

수가 아래층에 내려가 보니 그는 진 냄새를 진하게 풍기고 있었다. 한쪽 구석에는 걸작의 첫 번째 획이 그어지기를 25년간 기다려 온 빈 캔버스가 이젤 위에 놓여 있었다. 그녀는 존시의 망상에 대해 이야기했으며, 그녀가 세상에 대한 애착이 더 약해지면 정말 가볍고 허약해져서 떨어지는 나뭇잎처럼 가 버릴 것 같아 두렵다고 했다. 눈이 빨개지고 눈물이 그렁그렁해진 베어만 노인은 그런 바보 같은 상상이 어디 있냐고 버럭 큰소리쳤다.

"젠장!"

독일어 발음이 섞인 꼬부라진 혀로 그가 외쳤다.

"아니 망할 놈의 덩굴에서 나뭇잎이 떨어진다고 죽겠다는 바보 같은 사람이 세상에 어디 있어? 그런 말은 세상에 처음 들어 보네. 안 할래. 자네의 그 바보 같은 은둔자 모델 노릇은 안 한다고. 왜 존시가 그런 생각을 하도록 그냥 놔뒀어? 아, 불쌍한 존시."

"존시가 많이 아프고 약해졌어요."

수가 말했다.

"그리고 열 때문에 마음도 병들었는지 이상한 망상만 하고 있어요. 괜찮아요, 베어만 할아버지. 내키지 않다면 저를 위해 모델을 해 주시지 않아도 좋아요. 하지만 전 할아버지를 매정한…… 수다쟁이 노인네라 생각할 거예요."

"너도 별수 없는 여자로구나!"

베어만이 소리쳤다.

"누가 안 한다고 그랬어? 가자고. 같이 가자고. 난 이미 30분 전부터 포즈를 취할 준비가 되어 있다고 말하려 했어. 젠장! 여기는 존시처럼 착한 사람이 병들어 누워 있을 곳이 못 돼. 조만간 내가 걸작을 그리면, 우리 모두 여기를 떠나는 거야. 아무렴! 그렇고말고."

그들이 위층으로 올라갔을 때 존시는 자고 있었다. 수는 창문 가리개를 창턱까지 끌어내리고, 베어만에게 다른 방으로 가라고 말했다. 그곳에서 그들은 창밖으로 담쟁이덩굴을 근심스레 쳐다보았다.

그러고는 잠시 동안 서로를 말없이 바라보았다. 차가운 비가 눈과 섞여 계속 내리고 있었다. 낡은 푸른색 셔츠를 입은 베어만은 바위 대신 큰 냄비를 엎어 놓고 그 위에 은둔자 광부처럼 앉았다.

다음 날 수가 한 시간쯤 잠들었다 깨어났을 때 존시는 눈을 크게 뜨고 멍한 시선을 내려진 녹색 커튼에 고정하고 있었다.

"커튼 좀 걷어 줘. 창밖을 보고 싶어."

속삭이듯 그녀가 요구했다.

지칠 대로 지친 수는 시키는 대로 했다.

그런데 어라! 사나운 비바람이 밤새 몰아쳤는데도 담쟁이 잎 하나가 아직도 벽돌 벽에 붙어 있었다. 덩굴에 남은 마지막 잎이었다. 잎자루 부분에는 아직 진한 초록빛이 남아 있었지만, 톱니 같은 가장자리가 시들고 약해져 누렇게 변해 버린 잎이 땅에서 6미터쯤 높이의 가지에 꿋꿋이 버티고 있었다.

"마지막 잎이야."

존시가 말했다.

"지난밤에 분명 떨어질 줄 알았어. 바람 소리를 들었거든. 아마 오늘은 떨어질 테고 그러면 나도 따라 죽게 되겠지."

"얘, 제발!"

수는 지친 얼굴을 베개 쪽으로 숙이며 말했다.

"날 좀 생각해 줘, 네 자신을 생각하지 않을 거라면. 나는 어떡하라고?"

하지만 존시는 대답하지 않았다. 세상에서 가장 고독한 것은 미지의 먼 여행을 떠날 준비를 하는 영혼이다. 그녀를 우정, 그리고 이 세상에 묶어 주었던 끈이 하나둘 풀리면서 망상은 더욱 강하게 그녀를 사로잡는 듯했다.

날이 저물어 땅거미가 졌는데도 외로운 담쟁이 잎은 벽에 붙은 줄기에 매달려 있었다. 이윽고 밤이 되자 북풍은 다시 몰아쳤고 비는 창문을 두드리며 네덜란드식 처마 아래로 후드득 떨어졌다.

날이 밝자마자, 존시는 커튼을 올려 달라고 득달같이 요구했다.

그런데 담쟁이 잎은 여전히 매달려 있었다.

존시는 누운 채 오랫동안 그 잎을 보고 있었다. 그러더니 가스스토브 위의 치킨 수프를 젓고 있던 수를 불렀다.

"그동안 내가 너무 못되게 굴었지, 수."

존시가 말했다.

"내가 얼마나 못됐는지 보여 주려고 마지막 잎사귀가 저기에 남아 있는 것 같아. 죽고 싶어 하는 건 죄지. 이제 수프 조금만 갖다 줘, 포트와인 조금 넣어서 우유도 같이. 그리고…… 아니다. 손거울 먼저 갖다 주고, 뒤에 베개를 받쳐 줘. 앉아서 네가 요리하는 모습을 보게."

한 시간 뒤에 그녀가 말했다.

"수, 언젠가 나폴리 만을 그리고 싶어."

오후가 되자 의사가 왔고, 진료가 끝나자 수는 배웅하는 척, 의사를 따라 복도로 나왔다.

"이제 가능성이 반반이오."

의사가 수의 가늘고 떨리는 손을 잡으며 말했다.

"간호만 잘 해 주면 나을 수 있겠어. 이제 나는 아래층에 다른 환자를 보러 가야겠군. 이름이 베어만이라고 하던가. 아마도 화가일 거야. 그 사람도 폐렴이래. 약한 노인인 데다 급성이지. 가망성이 없어 보이지만, 조금 편안하게 해 주려고 입원시킬 생각이네."

이튿날 의사는 수에게 말했다.

"이제 고비는 넘겼소. 당신들이 이겼어. 영양 보충하고 잘 쉬기만 하면 될 거요."

그날 오후 수는 침대로 다가가, 쓸모없는 새파란 양모 어깨덮개를 흐뭇하게 뜨고 있는 존시를 베개와 함께 한 팔로 감싸 안았다.

"네게 할 말이 있어, 귀여운 아가씨."

그녀가 말했다.

"오늘 베어만 할아버지가 폐렴으로 돌아가셨어. 병을 얻은 지 고작 이틀만이야. 병이 난 첫날 아침, 아래층 방에서 아파 어쩔 줄 몰라 하는 할아버지를 관리인이 발견했대. 신발과 옷은 흠뻑 젖어 얼음처럼 차갑더래. 그렇게 날씨가 사납던 밤에 어딜 다녀오셨는지 알 수 없었지. 그런데 불 켜진 랜턴, 늘 있던 곳에서 끌고 온 사다리, 그리고 붓이 여기저기 흩어져 있었고, 초록색과 노란색 물감이 뒤섞인 팔레트를 발견했대. 그런데 얘, 창밖의 마지막 담쟁이 잎을 봐. 바람이 불어도 팔랑거리거나 움직이지 않는 게 이상하지 않았니? 아, 존시, 저건 베어만 할아버지의 걸작이야. 할아버지는 마지막 잎이 떨어지던 밤에 저걸 그려 놓으신 거야."

크리스마스 선물

1달러 87센트. 그게 전부였다. 그중 60센트는 1센트짜리들이었다. 식료품 가게, 야채 가게, 정육점에 들릴 때마다 인색하다는 눈치를 받으면서도 얼굴이 붉어질 때까지 억지로 값을 깎아 한두 푼씩 모아 온 것들이었다. 델라는 세 번이나 돈을 세어 보았다. 그래도 역시 1달러 87센트였다. 그리고 다음 날은 크리스마스였다.

작고 낡은 소파에 주저앉아 우는 것 말고는 딱히 할 일이 없었다. 델라는 그렇게 울고 있었다. 인생은 흐느끼거나, 훌쩍거리거나, 미소 짓는 일의 연속이지만 그중에 훌쩍거릴 일이 제일 많다고 하던 누군가의 말이 생각난다.

이 여자의 흐느낌이 점차 안정되어 훌쩍거림으로 바뀌어 가는 동안, 집 안을 한번 둘러보기로 하자. 일주일에 집세 8달러짜리 가구

딸린 아파트였다. 확실히 거지꼴이라고 할 수는 없지만, 거지를 단속하는 경찰의 눈에는 영락없이 거지로 보일 만했다.

아래 현관에는 어떤 편지도 오지 않을 듯 보이는 편지함과 누가 눌러도 소리 날 것 같지 않은 초인종이 달려 있었다. 그리고 거기에는 "제임스 딜링엄 영"이라는 이름이 적힌 명패가 붙어 있었다.

'딜링엄(Dillingham)'이라는 철자는 그 이름의 주인이 주당 30달러씩 받으며 잘나가던 시절만 해도 산들바람에 펄럭이듯 펼쳐져 있었다. 하지만 주급이 20달러로 떨어진 지금은 마치 겸손하게 D. 한 자로 줄어들고 싶어 하는 듯 움츠러져 보였다. 그래도 제임스 딜링엄 영이 퇴근해 집에 올 때면, 조금 전 델라라고 소개한 그의 부인이 '짐'이라 부르며 반갑게 포옹해 맞아 주었다. 그것이야말로 최고였다.

델라는 울음을 그치고 뺨에 분을 발랐다. 그러고는 창가에 서서 잿빛 고양이가 잿빛 뒷마당의 잿빛 울타리 위로 걷는 모습을 멍하니 바라보았다. 다음 날이 크리스마스였지만, 짐의 선물을 살 돈은 1달러 87센트뿐이었다. 그녀는 여러 달 동안 한 푼 두 푼 최대한 아껴 보았지만, 이 정도밖에 되지 않았다. 일주일에 20달러로는 어쩔 수 없었다. 지출은 예상보다 항상 많았다. 늘 그랬다. 짐의 선물을 살 돈은 1달러 87센트뿐. 소중한 남편인데. 그를 위해 무엇을 살까 생각하며 보냈던 시간은 참 행복했다. 뭔가 대단하고 희귀하고 훌륭한 선물, 짐이 지니고 있으면 그 가치가 조금이라도 더 빛날 그런 선물을 사고 싶었다.

방 안의 창문 사이에는 거울이 있었다. 집세 8달러짜리 아파트에서 볼 수 있을 법한 거울이었다. 아주 마른 사람이 민첩하게 몸을 이리저리 비춰 봐야 좁고 길게 비친 상을 보고 자신의 모습을 꽤 정확히 가늠해 볼 수 있을 거울이었다. 야윈 델라는 그 요령을 잘 터득하고 있었다.

문득 그녀는 창문에서 몸을 돌려 거울 앞에 섰다. 그녀의 눈은 초롱초롱 빛났지만, 20여 초 흐르면서 얼굴빛이 어두워졌다. 그녀는 재빨리 머리를 풀어헤쳐 길게 늘어뜨렸다.

제임스 딜링엄 영 부부에게는 대단히 자랑스러운 보물이 두 개 있었다. 하나는 할아버지와 아버지로부터 대를 이어 물려받은 짐의 황금 시계이고, 다른 하나는 델라의 머리카락이었다. 만약 시바의 여왕이 맞은편 아파트에서 살고 있다면, 언젠가 델라가 창문 밖으로 머리를 말리는 순간, 여왕의 보석과 선물 따위는 빛을 잃고 말 것이었다. 만약 솔로몬 왕이 지하실에 보물을 쌓아 놓고 그 앞을 지키고 있다면, 그 앞을 지날 때마다 시계를 꺼내 보는 짐을 보며 부러움에 못 이겨 자기 수염을 뽑을 것이었다.

이제 물결치듯 풀어헤친 델라의 아름다운 머리카락은 갈색 물의 폭포처럼 빛났다. 무릎까지 내려온 머리카락이 마치 긴 옷 같았다. 이윽고 그녀는 긴장된 모습으로 다시 머리를 재빨리 말아 올렸다. 잠시 그녀가 흔들리는 몸을 지탱하며 서 있는 동안, 눈물 한두 방울이 낡은 빨간 카펫 위로 떨어졌다.

낡은 갈색 재킷을 입고, 낡은 갈색 모자를 썼다. 그녀는 두 눈에 아직 반짝이는 눈물을 머금은 채, 치맛자락을 펄럭이며 문밖으로 뛰

쳐나와 계단을 내려가 거리로 나섰다.
그녀가 걸음을 멈춘 곳에는 이런 간판이 걸려 있었다.

〈마담 소프로니–모든 종류의 모발 용품〉

델라는 한걸음에 달려 들어가 두근거리는 가슴을 진정시켰다. 몸집이 크고, 지나치게 하얀 주인은 이름처럼 상냥해 보이지는 않았다.
"제 머리카락을 사시겠어요?"
델라가 물었다.
"사긴 해요."
부인이 말했다.
"모자를 벗고 한번 보여 주시오."
갈색 폭포가 물결치며 떨어졌다.
"20달러."
부인은 능숙한 솜씨로 머리카락을 들어 보며 말했다.
"돈은 바로 주셔야 해요."
델라가 말했다.
아, 그 후 2시간은 장밋빛 날개를 단 듯 이곳저곳 돌아다녔다. 아니, 이런 진부한 비유는 없던 걸로 하자. 그녀는 짐의 선물을 사기 위해 가게들을 뒤지고 다녔다.
델라는 마침내 찾아냈다. 분명 다른 사람이 아닌 짐을 위한 것이었다. 가게란 가게는 다 뒤지고 다녔지만 다른 가게에는 그만한 물건이 없었다. 심플하고 수수한 디자인의 백금 회중 시곗줄이었는데, 훌륭한 물건이 늘 그렇듯 겉만 번지르르한 장식이 아닌 본질만으로 그 가치를 드러내고 있었다. 이 시곗줄은 시계만큼이나 값어치가 있었다. 델라는 그 물건을 보자마자 짐에게 안성맞춤이란 생각이 들었다. 시곗줄은 남편과 비슷했다. 조용하면서도 가치 있는 모습을 은근히 드러내고 있었다. 그녀는 21달러를 내고 87센트를 남겨 집으로 서둘러 돌아왔다. 시계에 이 시계 체인을 달면 짐은 누구와 함께 있더라도 당당하게 시계를 꺼내 볼 수 있을 것이다. 시계는 훌륭했지만, 시계에 달린 낡은 가죽 끈 때문에 그는 때로 시계를 남모르게 훔쳐보는 일이 있었다.

집에 도착하자 델라는 흥분을 가라앉히고 서서히 침착함을 되찾았다. 모발 손질용 인두를 꺼내고 가스에 불을 켠 뒤, 사랑을 위해 온통 황폐화된 머리를 손질하기 시작했다. 으레 이런 일은 손이 많이 가고, 그야말로 지난한 일 아니던가.

40분을 그렇게 손질한 끝에 그녀의 머리카락은 온통 작고 조밀하게 돌돌 감기었고, 그녀는 마치 악동 같은 모습으로 변해 있었다. 그녀는 거울에 비친 자신의 모습을 주의 깊고 심각한 표정으로 오래도록 들여다보았다.

"짐이 날 보자마자 버럭 화를 낼지 몰라."

그녀는 혼자 중얼거렸다.

"아니면 코니아일랜드 합창단원 같다고 놀려 댈 거야. 하지만 어쩌겠어. 아! 1달러 87센트 가지고 뭘 할 수 있었겠어?"

7시가 되자 커피를 끓이고, 프라이팬을 뜨거운 스토브 위에 올려놓고 다진 고기 요리를 만들 채비를 했다.

짐은 늦는 법이 없었다. 델라는 시곗줄을 반으로 접어 손에 쥔 다음 남편이 항상 들어오는 문가의 테이블 한쪽 귀퉁이에 앉았다. 이윽고 멀리 아래에서 남편이 계단을 올라오는 소리가 들리자, 순간 그녀의 낯빛이 하얗게 되었다. 그녀는 사소한 일에도 속으로 잠깐씩 기도하는 습관이 있었는데, 지금도 이렇게 기도하고 있었다.

"아버지 하느님, 제발 그이가 나를 여전히 예쁘다고 생각하게 해 주세요."

문이 열리고 짐이 들어와 문을 닫았다. 그는 야위고 매우 심각한 표정이었다. 가여운 사람, 그는 고작 스물둘에 가족이라는 짐을 지고 있었다. 그에게는 새 오버코트가 필요했고 장갑도 없었다.

문 안으로 들어선 짐은 메추라기 냄새를 맡은 사냥개처럼 그 자리에서 꼼짝하지 않았다. 눈은 델라에게 고정한 채, 그녀가 알 수 없는 어떤 표정을 지어 두려울 지경이었다. 그것은 분노도, 놀라움도, 비난도, 공포도, 그녀가 예상했던 그 어떤 감정도 아니었다. 그는 다만 묘한 표정으로 멍하니 아내의 얼굴을 응시할 뿐이었다.

델라는 주춤거리며 탁자에서 일어나 남편에게로 다가갔다.

"여보, 짐."

그녀가 소리 내어 불렀다.

"그렇게 보지 말아요. 당신에게 줄 선물 하나 없이 크리스마스를 보낼 수 없어서 머리카락을 잘라 팔았어요. 다시 자랄 거예요. 괜찮죠? 어쩔 수 없었어요. 내 머리는 아주 빨리 자라요. '메리 크리스마스!'라고 말하면서, 우리 행복한 시간을 보내요. 짐, 내가 당신을 위해 얼마나 멋지고 근사한 선물을 준비했는지 짐작도 못할걸요?"

"당신, 머리카락을 잘랐단 말야?"

짐은 그렇게 한참을 생각하고 나서도, 델라가 머리를 잘랐다는 명백한 사실이 아직도 믿기지 않는다는 듯 힘겹게 물었다.

"잘라서 팔았어요."

델라가 말했다.

"그래도 여전히 나를 좋아하죠? 머리카락을 잘라도 나는 변함없잖아요, 그렇죠?

짐은 방 안을 두리번거렸다.

"당신의 긴 머리가 사라진 거야?"

짐은 바보처럼 물었다.

"찾아봐도 소용없어요."

델라가 말했다.

"팔았다고요. 팔아서 없어요. 여보, 크리스마스이브잖아요. 당신을 위해 한 일이니까 화내지 마세요. 내 머리카락에 대한 애정은 헤아릴 수 있어도, 당신에 대한 나의 사랑은 헤아릴 수 없어요."

그녀가 갑자기 진지하면서도 달콤한 목소리로 말했다.

"불에 고기 올려놓을까요, 짐?"

멍하니 서 있던 짐이 이내 정신을 차린 듯했다. 그는 델라를 껴안았다.

잠시 다른 방향에서 중요치 않은 것들을 따져 보기로 하자. 일주일에 팔 달러와 일 년에 백만 달러. 무슨 의미이며, 그 차이는 무엇일까? 수학자나 셈이 빠른 사람들은 잘못된 답을 줄 것이다. 동방박사 세 사람이 가져온 선물들은 아주 귀중한 것들이었지만, 그중에서도 답을 찾을 수는 없다. 이 모호한 말의 뜻은 나중에 알게 될 것이다.

짐은 외투 주머니에서 조그만 선물 상자를 꺼내더니 식탁 위에 내려놓았다.

"오해하지는 마, 델라."

그는 말했다.

"당신이 머리를 자르든, 밀든, 감든 당신에 대한 나의 사랑은 변하지 않아. 하지만 당신이 선물상자를 열어 보면, 내가 왜 그렇게 멍하게 서 있었는지 알게 될 거야."

델라는 하얀 손가락으로 재빨리 끈을 풀고 포장지를 뜯었다. 그러고는 기쁨에 찬 황홀한 탄성을 내뱉었다. 그런데 저런! 잠시 후 감정에 북받친 이 여성이 눈물을 쏟아 내기 시작하더니 소리 내어 울기 시작하는 바람에, 이 집 남자는 정성을 다해 여자를 달래 주어야 했다.

거기에는 옆머리와 뒷머리에 꽂는 머리핀 세트가 들어 있었다. 델라가 브로드웨이 상점의 진열장에서 오랫동안 동경했던 물건이었다. 진짜 거북이 등껍질에, 가장자리는 보석으로 장식되어 있으며, 사라져 버린 아름다운 머리카락에 어울리는 색깔의 아름다운 핀이었다. 꽤 비싸다는 걸 알고 있었기에 그녀는 한 번도 그 머리핀을 갖게 될 거라고는 꿈도 꾸지 못했고, 그저 마음속으로만 열망해 왔다. 그런데 이제 그 핀이 그녀의 것이 되었지만, 그 탐내던 장식품이 꾸며 줘야 할 머리카락은 사라지고 없었다.

하지만 델라는 머리핀을 가슴에 꼭 품더니, 이윽고 눈물이 글썽한 눈을 들어 미소 지으며 말했다.

"내 머리는 아주 빨리 자라요, 짐!"

그러더니 잠시 후 불에 덴 작은 고양이처럼 폴짝 뛰어오르며 소리쳤다.

"아, 맞다!"

짐은 아직 자신의 근사한 선물을 보지 못했던 것이다. 그녀는 남편을 향해 팔을 뻗더니 보란 듯이 손바닥을 펼쳤다. 윤기 없던 귀금속이 그녀의 밝고 환한 영혼의 빛을 받아 반짝이는 듯 보였다.

"멋있죠, 짐? 이걸 사려고 여기저기 다 돌아다녔어요. 이젠 하루에 수도 없이 시계를 꺼내 보게 될 거예요. 시계 줘 봐요. 시계랑 얼마나 어울리는지 보고 싶어요."

그런데 시계를 주기는커녕, 짐은 소파에 털썩 앉더니 두 손을 머리 뒤로 깍지 끼더니 웃음 지었다.

"델라."

그는 말했다.

"우리 크리스마스 선물을 당분간 한곳에 보관해 두기로 하지. 당장 사용하기에는 매우 좋거든. 나는 당신 머리핀을 사는 데 돈이 필요해서 시계를 팔았어. 자, 이제 고기를 불 위에 올려놓자고."

아시다시피 동방박사들은 말구유의 아기에게 선물을 가져다준 아주 훌륭한 현자들이었다. 그들은 크리스마스에 선물을 주는 풍속을 만들어 냈다. 현자들이기에 그들의 선물도 분명 현명한 것이었음에 틀림없으며, 아마도 선물이 중복될 경우 바꿀 줄도 알았을 것이다. 그리고 여기에서 나는 자신들의 가장 소중한 보물을 서로를 위해 가장 어이없이 희생시킨 두 어리석은 젊은이의 평범한 이야기를 지금까지 서툴게 들려주었다. 하지만 오늘날 현자들에게 마지막으로 이렇게 말하고 싶다. 이 두 사람이야말로 가장 훌륭한 선물을 줄 줄 아는 사람들이라고. 선물을 주고받는 모든 사람 가운데 이 사람들이야말로 가장 현명하다고. 세상 그 누구보다 현명한 이들이야말로 현자임에 틀림없다.

20년 후

순찰 중인 한 경찰관이 인상 깊은 모습으로 거리를 따라 걸어가고 있었다. 인상 깊은 그의 모습은 몸에 익은 습관일 뿐, 일부러 꾸며 내는 건 아니었다. 보는 사람도 거의 없었기 때문이다. 10시가 채 안 된 시간이었지만 비를 머금은 찬바람이 불고 있어서 거리엔 사람이 거의 없었다.

걸어가면서 문들이 잘 잠기었는지 확인해 보고, 현란하고 능숙하게 곤봉을 휘두르며, 이따금 몸을 돌려 평온한 큰길을 관찰하는 등 당당한 걸음걸이에 충직한 모습이 마치 평화의 수호자 같았다.

인근 가게들은 대부분 일찍 문을 열고 일찍 문을 닫았다. 이따금 담배 가게와 밤새 영업하는 간이식당의 불빛이 보이긴 했지만, 대부분의 상가는 이미 문을 닫은 지 오래였다.

경찰관은 길을 걷다 갑자기 한 곳에서 걸음을 늦추었다. 불 꺼진 철물점 문가에 웬 남자가 불붙이지 않은 담배를 입에 문 채 기대서 있었다. 경찰관이 다가가자, 사내가 얼른 말을 꺼냈다.

"염려하지 마시오, 경찰 나리."

그가 안심시키려 말했다.

"난 그저 친구를 기다리고 있습니다. 오늘 만나기로 20년 전에 약속했지요. 우스꽝스럽게 들리겠지요? 음, 혹시 궁금하시다면 내가 설명해 드립죠. 20년 전 이 가게가 있는 자리에는 식당이 있었습니다. '빅 조 브래디' 식당이라고."

"5년 전까지만 해도 있었죠."

경찰관이 말했다.

"그 후에 헐렸지만."

그 사내는 성냥을 그어 담배에 불을 붙였다. 불빛에 그의 날카로운 눈매와 오른쪽 눈썹 주위의 조그마한 흉터, 그리고 각진 턱을 가진 창백한 얼굴이 보였다. 그의 넥타이핀에는 어울리지 않게 커다란 다이아몬드가 박혀 있었다.

"20년 전 오늘 밤이었소."

그 남자가 말했다.

"나는 이곳 '빅 조 브래디' 식당에서 가장 친한 친구인 지미 웰스와 저녁 식사를 했어요. 세상에서 가장 멋진 녀석이죠. 그 친구와 난 이곳 뉴욕에서 형제처럼 함께 자랐어요. 당시 나는 열여덟 살, 지미는 스무 살이었죠. 다음 날 나는 돈을 벌기 위해 서부로 출발할 예정이었고요. 지미는 좀처럼 뉴욕을 떠나지 않으려 했어요. 그 녀석은 지구상에 뉴욕밖에 없는 줄 알았으니까요. 아무튼 우리는 20년 후에 서로가 어떤 상황, 어떤 곳에 있더라도 바로 이곳에 똑같은 시각에 와서 만나기로 했답니다. 20년 후에는 어떤 모습으로든 우리의 운명이 드러날 테고, 어느 정도 돈도 벌 거라 생각한 거죠."

"아주 흥미롭군요."

경찰이 말했다.

"만나기로 하기까지 시간이 너무 길었다고 생각되지만요. 그런데 당신이 떠난 이후로 친구의 소식은 못 들으셨습니까?"

"음, 한동안은 소식을 주고받았죠."

그 남자가 말했다.

"하지만 1~2년 후부터는 소식이 끊겼습니다. 잘 아시다시피 서부에는 이것저것 할 게 너무 많은지라, 정신없이 뛰어다녔습니다. 하지만 그 친구는 살아 있다면 분명 나를 만나러 이리로 올 겁니다. 지미는 언제나 믿을 수 있고, 노인네마냥 세상에서 가장 고지식한 친구라서 약속을 잊었을 리가 없어요. 전 오늘 밤 이곳에 오려고 천 마일을 달려왔지만, 옛 친구를 만날 수만 있다면 그럴 가치가 있는 거죠."

친구를 기다리던 남자는 근사한 시계를 꺼냈다. 뚜껑에는 작은 다이아몬드들이 박혀 있었다.

"10시 3분 전이군요."

그가 말했다.

“이 식당 문 앞에서 헤어진 게 정확히 10시였죠.”

“서부에서 큰돈을 버셨나 보군요?”

경찰관이 물었다.

“그럼요! 지미가 저의 반만큼이라도 돈을 벌었다면 좋겠어요. 좋은 녀석이긴 한데 고지식하게 일하거든요. 전 한몫 챙기기 위해 수완 좋은 사람들과 경쟁해야 했어요. 뉴욕에서 틀에 박혀 사는 사람이 정신 바짝 차리는 데는 서부가 최고죠.”

경찰관은 곤봉을 빙빙 돌리며 걸음을 떼었다.

“이제 전 가 봐야겠습니다. 친구분 잘 만나시길 바랍니다. 그런데 약속 시간까지만 기다리시다 바로 가실 건가요?”

“그럴 수야 없죠!”

그 사내가 말했다.

“적어도 30분은 기다려 줄 작정입니다. 지미가 이 세상 어딘가에 살아만 있다면 그때까지는 나타날 겁니다. 그럼 안녕히 가세요, 경찰 나리.”

“잘 있으시오, 선생.”

경찰은 인사를 한 뒤, 문단속을 확인해 가며 계속 순찰을 돌았다.

어느덧 가늘고 차가운 빗줄기가 내리기 시작하더니, 이따금 불어오던 바람도 거칠어졌다. 인근을 지나던 몇 안 되는 행인들도 코트 깃을 올리고 주머니에 손을 넣은 채 움츠린 표정으로 말없이 걸음을 재촉했다. 젊은 시절에 친구와 무모하리만큼 불확실한 약속을 지키기 위해 수백 킬로미터를 달려온 그 사내는 철물점 문가에 서서 담배를 피우며 친구를 기다렸다.

20분을 기다리자, 긴 외투를 입고 귀까지 깃을 세운 키 큰 남자가 반대편에서 다급히 길을 건너왔다. 그는 곧바로 친구를 기다리던 남자에게 다가갔다.

"당신, 밥인가?"

그는 미심쩍은 듯 물었다.

"그럼 자네가, 지미 웰스?"

문가에 있던 남자가 목소리를 높이며 말했다.

"세상에!"

방금 온 사내가 문가에 있던 남자의 손을 잡으며 외쳤다.

"틀림없이 밥이군. 난 자네가 살아 있다면 틀림없이 올 거라고 믿었어. 아무렴, 그렇고말고! 20년이면 긴 세월이지. 예전에 여기 있던 식당은 없어졌다네, 밥. 아직 있었으면, 예전처럼 함께 식사를 할 수 있을 텐데. 여보게, 서부는 어땠나?"

"끝내줬지. 뭐든 원하는 건 다 가질 수 있었으니까. 지미, 자넨 많이 변한 거 같아. 자네 예전보다 한 6~7센티미터는 더 커 보이네."

"어……, 스무 살 이후로 좀 더 자랐지."

"뉴욕에서는 잘 지냈나, 지미?"

"그저 그랬지 뭐. 시청에서 일하고 있어. 자자, 밥, 근처에 내가 아는 곳으로 가서 옛날이야기나 실컷 하자고."

두 남자는 팔짱을 끼고 걷기 시작했다. 서부에서 온 사내는 성공으로 으쓱해져서 자기가 지내온 일들을 풀어놓기 시작했다. 다른 사내는 외투에 몸을 움츠린 채, 그의 이야기를 흥미롭게 들었다.

길모퉁이에 전깃불을 환히 밝힌 약국이 있었다. 밝은 곳에 다다르자, 이들은 동시에 고개를 돌려 서로의 얼굴을 쳐다보았다.

서부에서 온 사내가 갑자기 걸음을 멈추고 팔짱을 풀었다.

"당신은 지미 웰스가 아니야."

그가 쏘아붙이듯 말했다.

"20년이 긴 세월이긴 해도 매부리코가 들창코로 바뀔 순 없지."

"그 정도 세월이면 착한 사람이 악인으로 바뀌긴 하는군."

키 큰 남자가 말했다.

"당신은 10분 전에 체포된 거라고, '미꾸라지' 밥. 당신이 우리 쪽으로 올지 모른다고 시카고 경찰이 전보를 보내왔어. 조용히 따라가 주겠지? 그게 신상에 좋을 거야. 경찰서로 가기 전에 당신에게 주라고 부탁받은 쪽지가 있어. 여기 불빛 아래서 읽어 보라고. 웰스 경관이 준 거야."

서부에서 온 사내는 건네받은 쪽지를 펼쳤다. 쪽지를 읽기 시작할 때는 멀쩡하던 손이 다 읽을 무렵엔 약간 떨리고 있었다. 쪽지에는 다음과 같은 짤막한 글이 쓰여 있었다.

밥에게.

난 제시간에 약속 장소에 나갔다네. 그런데 자네가 담뱃불을 붙이는 순간, 얼굴을 보고 자네가 시카고에서 수배 중인 범인이란 걸 알게 되었어.

아무래도 내가 직접 자네를 체포할 수는 없어서, 대신 사복경찰에게 부탁했다네.
지미가.

물레방아 있는 교회

레이크랜드는 사람들이 즐겨 찾을 만한 최신 여름 휴양지는 아니다. 그곳은 클린치 강의 작은 지류가 흐르는 컴벌랜드 산맥의 나지막한 산등성이에 자리 잡고 있다. 본래 레이크랜드는 황량한 협궤철로 변에 스물 남짓한 가구가 모여 소박하게 살아가는 마을이다. 한편으로는 철길이 소나무 숲에서 길을 잃은 뒤 무섭고 외로워서 레이크랜드의 품으로 달려든 것처럼 보이기도 하고, 다른 한편으로는 마치 길을 잃은 레이크랜드가 고향으로 데려다 줄 기차를 기다리며 철로 주변에 옹송그리며 모여 있는 듯 보이기도 한다.

그런데 레이크랜드라는 이름이 뭔가 의아하다. 그곳에는 호수(레이크)도 없을뿐더러, 땅(랜드)이라고 부를 만큼 널찍한 지대도 없기 때문이다.

마을에서 반 마일 떨어진 곳에는 이글하우스라는 크고 넓은 옛날 주택이 있다. 산의 신선한 공기를 맡으며 저렴한 가격에 머무르고 싶어 하는 방문객들을 위해 조시아 랭킨이 운영하는 곳이다.

이글하우스는 적당히 방치되어 오히려 반가운 느낌이 드는 곳이다. 현대식으로 개조하지 않아 고풍스러움이 가득하며, 모든 것이 무심한 듯 어질러져 있고 제대로 정돈되지 않은 모습이 방문객들로 하여금 자기 집 같은 편안한 느낌이 들게 한다.

하지만 제공되는 방은 깨끗하고 음식은 풍부하다. 손님들은 소나무 숲에 나가서 스스로 휴식을 취하면 된다. 광천수가 있고 포도 넝쿨로 만든 그네와 크로켓을 할 수 있는 공터가 있다. 크리켓 경기용 위켓(크리켓 경기장 중앙에 세워 놓은 기둥 문_옮긴이)까지 나무로 만들어져 있는 등, 모든 것이 자연에서 얻은 것들이다. 소박한 공연장에서 열리는 댄스파티에서는 고맙게도 일주일에 두 번 바이올린과 기타 음악을 즐길 수도 있다.

이글하우스를 찾는 단골손님들은 휴식을 여흥으로만 생각하지 않고, 꼭 필요한 것으로 여겨 찾는 사람들이다. 시계에 비유하자면, 1년간 톱니바퀴를 잘 돌리기 위해서 2주간 태엽을 잘 감아 둘 필요가 있는 바쁜 사람들이다.

아랫마을에서 온 학생도 있고, 이따금 예술가도 있으며, 부근의 고대 지층 연구에 열중하고 있는 지질학자도 있다. 여름휴가를 보내려고 찾아온 가족도 보이고, 레이크랜드에서 이른바 '고루한 여선생들'이란 별명으로 불리는 여성종교단체 회원 한두 사람도 그곳에서 피로에 지친 몸을 쉬고 있는 걸 흔히 볼 수 있다.

이글하우스에서 400미터쯤 떨어진 곳에는, 만약 이글하우스에서 만든 선전 책자라도 있었다면 '명소'로 소개될 만한 장소가 있었다.

그곳은 더 이상 방아를 찧지 않는 아주 오래된 방앗간이었다. 조시아 랭킨의 말에 의하면, '미국에서 물레바퀴가 있는 유일한 교회인 동시에 예배용 좌석과 파이프오르간을 갖춘 세계에서 하나뿐인 방앗간'이었다.

이글하우스의 손님들은 일요일마다 이 오래된 방앗간 교회를 찾아, 정화된 기독교 신자를 '경험과 고난이라는 맷돌에 갈리고 체에 걸려 쓸모 있게 만들어진 밀가루'에 비유하는 목사님의 말씀을 듣는다.

해마다 가을이 시작될 무렵이면 아브람 스트롱이라는 손님이 이글하우스에 찾아와 사람들의 존경과 사랑을 받으며 한동안 머물렀다. 레이크랜드에서 그는 '아브람 아버지'로 불렀다. 새하얀 백발에, 발그레한 얼굴은 강직하면서도 친절해 보였고, 웃음소리는 명랑했으며, 검은색 옷에 챙이 넓은 모자를 쓴 모습이 사제(가톨릭 신부를 Father로 부르기도 한다_옮긴이)처럼 보였기 때문이었다. 새로 온 손님들도 사나흘 알고 지내고 나면 친근하게 그를 별명으로 불렀다.

아브람 아버지는 멀리서 레이크랜드를 찾아왔다. 그는 북서부의 크고 번잡한 마을에서 여러 방앗간을 운영하며 살고 있었다. 이곳처럼 예배용 의자들과 오르간이 있는 아담한 방앗간이 아니라, 하루 종일 화물열차가 마치 개미가 개밋둑을 오가듯 들락거리는 크고 아름다울 것 없는 제분소였다. 아브람 아버지와 교회가 된 이 작은 방앗간에는 얽힌 사연이 있는데 지금부터는 이에 관해 이야기해 보려 한다.

이 교회가 방앗간이던 시절, 주인은 스트롱 씨였다. 그는 늘 밀가루를 뒤집어쓰고 있으면서도 이 세상 누구보다 즐겁고, 바쁘고, 행복한 방앗간 주인이었다. 그는 방앗간 맞은편에 있는 작은 오두막에서 살았다. 비록 솜씨는 서툴렀지만 방앗삯이 쌌기 때문에 산골 사람들은 멀고 힘든 돌밭 길을 마다하지 않고 그에게 곡식을 가져왔다.

이 방앗간 주인에게 살아가는 기쁨은 어린 딸 아글라이아였다. 사실 아장아장 걷는 금발 아이에게 어울리지 않는 조금 강한 이름이었지만, 산골 사람들은 낭랑하고 우아하게 들리는 이런 이름을 좋아한다. 아이 엄마가 책에서 이 이름을 보고는 딸에게 붙여 주었다. 어린 시절에 아이는 흔히 이야기할 때 아글라이아라는 본래 이름은 제쳐 놓고 자신을 '덤스'라고 불렀다.

방앗간 주인과 그의 아내는 이 알 수 없는 이름을 어떻게 지었는지 딸을 구슬려 알아보려 했지만 허사였다. 결국 어렴풋이 추측할 수밖에 없었다. 그들이 살던 오두막집 뒤의 작은 정원에는 딸아이가 유난히 좋아하고 관심을 가지던 진달래꽃 화단이 있었다. 아마도 '덤스'라는 이름이 자기가 가장 좋아하는 꽃의 거창한 이름과 비슷하다고 여긴 듯했다.

아글라이아가 네 살 때, 아버지와 딸은 매일 오후마다 방앗간에서 작은 공연을 펼치곤 했다. 날씨가 허락하는 한 하루도 거르는 법이 없었다. 저녁 준비가 되면 엄마는 딸의 머리를 빗겨 주고 깨끗한 앞치마를 입힌 뒤 집 건너편에 있는 방앗간에 보내 아버지를 데려오게 하였다. 아버지는 딸아이가 방앗간에 들어오는 걸 보면 하얀 밀가루 먼지를 뒤집어쓴 채 달려 나갔다. 그는 손을 흔들며 예부터 전해 내려오는 방앗간 주인의 노래를 불렀는데, 그곳 사람들에게 익숙한 노래는 이러했다.

방아가 돌아가네
곡식이 빻아지네
먼지 쓴 방아꾼은 즐거워
온종일 노래하며
일은 즐거워
사랑하는 사람 생각에

아글라이아는 웃으며 아빠에게 달려가 이렇게 소리쳤다.
"아…… 빠,빠, 덤스랑 집에 가요."
방앗간 주인은 딸을 번쩍 들어 어깨에 올려놓고는 방앗간 주인의 노래를 부르며 저녁을 먹으러 힘차게 걸어갔다. 매일 저녁마다 이런 일은 반복되었다.
이제 막 네 살이 되고 일주일 지났을 무렵 어느 날, 아글라이아가 없어졌다. 마지막으로 보았을 때, 아이는 오두막집 앞 길가에서 야생화를 꺾고 있었다. 잠시 후 아이가 너무 멀리까지 가지는 않았는지 엄마가 살피러 왔을 때, 아이는 이미 사라지고 없었다.

물론 아이를 찾으려고 온갖 노력을 다했다. 이웃들도 함께 모여 멀리 숲 속과 산까지 찾아보았다. 도랑과 개울을 따라 멀리 댐 아래까지 샅샅이 뒤지고 다녔지만 아이의 흔적을 찾을 수 없었다. 아이가 없어지기 하루 이틀 전 밤에 어떤 떠돌이 일행이 근처 수풀에서 머문 적이 있었다. 어쩌면 그들이 아이를 훔쳐 갔을지도 모른다고 생각해서 마차를 몰고 뒤쫓아 가 수색해 보았지만, 역시 아이를 찾을 수 없었다.

방앗간 주인은 딸이 사라지고 난 후 2년 가까이 그곳에 더 머물렀지만, 결국 딸을 찾을 수 있으리란 희망을 잃고 말았다. 부부는 북서부로 이사했다. 몇 년 만에 그는 북서부 지역의 제분업 중심지 가운데 한 곳에서 현대식 제분공장을 갖게 되었다. 하지만 그의 아내는 아글라이아를 잃은 충격에서 회복되지 못해 이사한 지 2년 후에 세상을 떠났고, 스트롱은 결국 홀로 남아 슬픔을 견뎌야 했다.

사업에서 성공한 뒤, 아브람 스트롱은 레이크랜드와 옛 방앗간을 다시 찾아가 보았다. 아픈 추억이 깃든 장소였지만, 그는 강인한 사람이었기에 늘 명랑하고 친절한 표정을 잃지 않았다. 그리고 그때 옛 방앗간을 교회로 바꾸겠다는 생각을 하게 되었다. 레이크랜드는 교회를 지을 수 없을 정도로 가난한 지역이었고, 산골 사람들 역시 가난해서 교회를 짓는 데 아무런 도움을 줄 수 없는 처지였다. 인근 30킬로미터 이내에는 예배를 드릴 장소가 없었다.

스트롱 씨는 방앗간의 겉모습은 되도록 바꾸지 않았다. 커다란 물레바퀴도 제자리에 두었다. 교회에 오는 젊은이들은 천천히 썩어 가는 무른 나무에 자신들의 이름 머리글자를 새기곤 하였다. 댐의 일부가 무너져 깨끗한 산골짜기 시냇물이 돌투성이 강바닥을 구르며 물결을 일으켰다. 방앗간 내부는 많이 달라졌다.

굴대, 맷돌, 벨트, 도르래는 모두 없앴다. 가운데에 통로를 두고 양쪽으로 예배용 긴 의자를 두 줄로 놓았고, 한쪽 끝에는 약간 높이를 두어 연단을 만들고 설교대를 놓았다. 머리 위쪽으로는 삼면으로 좌석이 놓인 회랑이 있어 안쪽으로 계단을 통해 올라갈 수 있었다. 또한 오르간(진짜 파이프오르간)을 놓아 이곳 '낡은 방앗간 교회'에서 예배를 보는 사람들을 뿌듯하게 했다.

오르간 연주는 피비 서머스 양이 맡았다. 레이크랜드의 소년들은 일요일 예배 때마다 신이 나서 교대로 오르간에 바람을 넣어 주었다. 설교는 베인브리지 목사가 했는데, 그는 스쿼럴 갭에서 늙은 백마를 타고 한 번도 빠짐없이 설교하러 왔다. 이 모든 비용은 아브람 스트롱이 댔다. 그는 설교자에게 연간 500달러를, 피비 양에게는 200달러를 지급했다.

결국 아글라이아를 기리기 위해 이 낡은 방앗간은 그녀가 일찍이 살고 있던 마을 사람들에게 하나의 축복으로 변모하였다. 짧은 생을 살다 간 그 아이가 수십 년을 살아온 다른 많은 사람들보다 더 좋은 은혜를 가져온 듯하였다. 하지만 아브람 스트롱은 그녀를 기념하기 위해 또 다른 계획을 세웠다.

잘 여문 최고급 밀로 북서부에 있는 제분공장에서 '아글라이아'의 이름을 단 밀가루를 생산했다. 이 '아글라이아' 밀가루에는 가격이 두 개 존재했다. 하나는 시장에서 팔리고 있는 밀가루 가운데 가장 높은 가격이었고, 다른 하나는 무료였다.

화재나 홍수, 태풍, 파업, 기근 등의 재난으로 인해 사람들이 굶주릴 때마다 이 '아글라이아' 밀가루가 '무료'로 빠르고 넉넉하게 배달되었다.

조심스럽고 신중하게 배급되었지만 배고픈 사람들에게는 한 푼도 받지 않고 무료로 나누어 주었다. 사람들 사이에서는 심지어 도시 빈민 지역에 큰 불이 나면 소방 지휘 마차가 제일 먼저 오고 그다음에 '아글라이아' 밀가루를 실은 마차가 오며, 그다음에 불자동차가 온다는 말이 돌 정도였다.

이처럼 아글라이아 밀가루는 아브람 스트롱이 잃어버린 딸을 기리는 또 하나의 기념물이었다. 어쩌면 시인은 아름다운 대상을 기리기에는 밀가루가 너무 실용적이라고 생각할지 모른다. 하지만 어떤 이들은 아브람의 의도가 너무도 순수하고 훌륭해서 사랑과 자선의 의미를 담고 배달되는 희고, 깨끗하고, 순결한 밀가루야말로 잃어버린 자식을 기억하려는 아빠의 마음을 잘 담고 있다고 생각했다.

컴벌랜드에 힘든 해가 찾아왔다. 어느 곳이든 곡물이 제대로 여물지 못해 인근 지역에서는 수확을 전혀 하지 못했다. 산악 지대의 홍수 때문에 큰 재산 피해를 입었다. 숲 속의 사냥감마저 귀해져서 사냥꾼들이 가족을 먹여 살릴 만큼 충분히 사냥을 하지 못했다. 이러한 어려움은 레이크랜드 인근이 특히 심했다.

아브람 스트롱은 소식을 듣자마자 지시를 내려, 협궤 열차 편으로 '아글라이아' 밀가루를 실어 나르도록 했다. 오래된 방앗간 교회 복도에 밀가루를 쌓아 두고는 예배에 참석하는 사람들이 한 포대씩 집으로 가져갈 수 있도록 지시했다.

그로부터 2주 후, 아브람 스트롱은 예년처럼 이글하우스를 방문해, 다시 '아브람 아버지'의 모습이 되어 있었다.

그 즈음 이글하우스에는 예년보다 손님이 적었다. 손님 가운데에는 로즈 체스터란 아가씨가 있었다. 체스터 양은 애틀랜타에서 왔는데, 그곳 백화점에서 일하고 있었다.

이번이 로즈의 첫 휴가 여행이었다. 그녀가 근무하는 백화점 지배인의 아내가 이글하우스에서 여름을 보낸 적이 있었다. 로즈를 마음에 들어 했던 그녀는 로즈에게 3주간의 휴가를 이글하우스에서 지내라고 권했다. 지배인의 아내는 랭킨 부인에게 로즈를 부탁하는 편지를 써 주었고, 부인은 기쁜 마음으로 로즈를 맞아 직접 챙기며 보살펴 주었다.

체스터 양은 몸이 그리 튼튼하지 못했다. 나이는 스무 살가량이었으며, 실내에서 생활해 왔기 때문에 얼굴이 창백하고 허약했다. 하지만 레이크랜드에서 일주일가량 지내면서 얼굴에 화색이 돌고 놀라울 정도로 명랑해졌다. 때는 컴벌랜드가 가장 아름다워지는 9월 초순이었다. 산의 나무들은 눈부신 가을의 색으로 물들어 가고 있었고, 공기는 샴페인처럼 향기로웠으며, 밤은 사람들을 이글하우스의 따뜻한 담요 밑으로 아늑하게 끌어당길 정도로 기분 좋게 선선했다.

아브람 아버지와 체스터 양은 좋은 친구가 되었다. 옛 방앗간 주인은 랭킨 부인으로부터 그녀의 이야기를 듣고는 혼자 세상을 헤쳐 나가는 가냘프고 외로운 처녀에게 이내 관심을 갖게 되었다.

산골은 체스터 양에게 새로웠다. 그녀는 오랫동안 애틀랜타의 따뜻한 평지 마을에서 살아왔기에 컴벌랜드의 웅장하고 다채로운 풍경에 즐거워했다.

그녀는 이글하우스에 머무는 동안 매 순간을 즐기기로 결심했다. 그녀는 세심하게 여행 경비를 예측해 알뜰하게 경비를 마련해 왔기 때문에 다시 일터로 돌아갈 때에는 돈이 거의 남지 않으리란 사실을 잘 알고 있었다.

체스터 양이 아브람 아버지를 친구로 얻은 것은 행운이었다. 그는 레이크랜드 인근의 모든 길과 산봉우리, 비탈을 속속들이 알고 있었다.

그녀는 덕분에 그늘이 드리운 소나무 숲 사이 비탈길에서 느끼는 장엄한 기쁨, 벌거숭이 바위산의 위엄, 기운을 돋우는 맑은 아침, 알 수 없는 슬픔으로 가득한 꿈결 같은 황금빛 오후를 알게 되었다.

그리하여 체스터 양의 몸도 건강해지고 마음도 밝아졌다. 그녀는 여성스러우면서도 아브람 아버지처럼 화사하고 따뜻한 웃음을 지었다. 두 사람 모두 선천적인 낙관주의자였기에 살아가면서 늘 밝고 명랑한 표정을 띠고 있었다.

어느 날 체스터 양은 다른 여행객으로부터 아브람 아버지의 잃어버린 아이에 대한 이야기를 들었다. 그녀는 서둘러 자리에서 나와 아브람 아버지가 즐겨 찾는 약수터 근처의 통나무 의자에서 그를 찾았다. 그는 자신의 어린 친구가 손을 잡고 눈물이 그렁그렁한 눈으로 바라보자 놀랐다.

"오, 아브람 아버지."

그녀가 말했다.

"오늘에야 잃어버리셨다는 따님 이야기를 들었어요. 언젠가는 꼭 찾으실 거예요. 꼭 만나시길 바랄게요."

옛 방앗간 주인은 이내 환한 미소를 지으며 그녀를 바라보았다.

"고마워, 로즈 양."

그는 평소처럼 밝은 음성으로 말했다.

"하지만 아글라이아를 찾을 수 있다고 기대 안 해. 몇 년 동안은 차라리 부랑자들한테 납치되어서 살아 있기만 바랐지. 하지만 이젠 그런 희망을 잃었어. 아무래도 물에 빠져 죽은 것 같아."

"그 마음 이해해요."

체스터 양이 말했다.

"실낱같은 희망 때문에 더 견디기 어려우셨을 테지요. 그런데도 항상 명랑한 표정으로 기꺼이 다른 이들의 마음을 가볍게 해 주시네요. 훌륭하세요, 아브람 아버지!"

"훌륭해요, 로즈 양!"

옛 방앗간 주인은 미소 띤 얼굴로 체스터 양의 말투를 흉내 냈다.

"로즈 양이야말로 누구보다 남을 배려하는 사람인걸?"

그 순간 체스터 양은 묘한 기분이 들었다.

"저, 아브람 아버지."

그녀는 들뜬 목소리로 말했다.

"만약 제가 아버님의 딸로 밝혀진다면 정말 멋진 일이겠죠? 낭만적이지 않나요? 아버님도 저 같은 딸이 있으면 좋으시겠죠?"

"그렇고말고."

옛 방앗간 주인은 진심으로 말했다.

"아글라이아가 살아 있어 로즈 양 같은 아가씨로 자라 줬으면 더 바랄 게 없을 거야. 어쩌면 로즈 양이 아글라이아인지도 모르겠네."

그는 로즈의 장난기에 맞장구치며 말을 이었다.

"우리가 함께 방앗간에서 살던 때 기억 안 나?"

체스터 양은 이내 심각한 표정으로 생각에 잠겼다. 커다란 두 눈은 멍하니 어딘가에 고정돼 있었다. 한순간에 진지해지는 모습에 아브람 아버지는 재미있어했다. 체스터 양은 그렇게 한동안 앉아 있다가 말문을 열었다.

"아니요."

한참 후에 그녀는 긴 한숨을 내쉬며 말했다.

"방앗간은 전혀 생각이 안 나요. 전 아버님의 작고 재미있는 교회를 보기 전까지 밀가루 빻는 방앗간을 한 번도 본 적이 없는 것 같아요. 제가 아버님의 딸이었다면 분명 기억이 날 텐데, 그죠? 참 아쉽네요, 아브람 아버지."

"그러게 말이야."

아브람 아버지가 맞장구쳤다.

"하지만 로즈 양, 내 딸이었던 기억은 없어도 누군가의 딸인 것은 분명 기억이 날 테지. 물론 부모님은 잘 기억하고 있겠지?"

"아, 그럼요. 아주 똑똑히 기억해요. 특히 아버지를요. 아브람 아버지와는 전혀 다른 분이셨죠. 이런, 그러고 보니 제가 괜한 몽상에 빠져 있었네요. 자, 이제 충분히 쉬셨죠? 오늘 오후에 송어가 노니는 연못을 구경시켜 주신다고 하셨잖아요. 저는 이제껏 송어를 본 적이 없어요."

어느 늦은 오후 아브람 아버지는 혼자 옛 방앗간으로 향했다. 그는 종종 그곳에 가서 예전에 방앗간 건너 오두막에 살던 때를 생각했다. 시간이 흐르면서 송곳처럼 찔러 오던 슬픔도 무디어져서 과거의 기억이 마냥 고통스럽지는 않았다. 하지만 쓸쓸한 가을날 오후, '덤스'가 노란 곱슬머리를 찰랑거리며 이리저리 뛰놀던 곳에 앉아 있노라면 그의 얼굴에서 레이크랜드 사람들이 늘 보아 오던 미소는 찾아볼 수 없었다.

옛 방앗간 주인은 구불구불하고 비탈진 길을 천천히 올라갔다. 길가에 나무들이 우거져 있어 모자를 손에 들고 그늘 속으로 걸었다. 다람쥐들은 길 오른편 낡은 철로 울타리 위에서 장난치듯 뛰어다녔다. 밀 그루터기에서는 메추라기들이 새끼를 부르고 있었다. 낮게 내려앉은 태양이 서쪽으로 뻗은 골짜기로 희미한 금빛 햇살을 쏟아냈다. 9월 초였다! 며칠만 있으면 아글라이아가 사라진 날이었다.

담쟁이덩굴로 반쯤 뒤덮인 낡은 물레방아에는 나뭇가지 사이로 새어 든 따사로운 햇빛이 군데군데 비추고 있었다. 길 건너편 오두막집은 여전히 서 있었지만, 겨울이 다가와 산에서 세찬 바람이 불어오기도 전에 곧 주저앉을 듯 보였다. 오두막에는 온통 나팔꽃과 박 덩굴이 무성했고 출입문은 경첩 하나로 겨우 매달려 있었다.

아브람 아버지는 옛 방앗간 문을 열고 조심스레 안으로 들어갔다. 그러고는 놀라서 가만히 서 있었다. 안에서 누군가 슬픔을 가누지 못해 흐느끼는 소리가 들렸다. 살펴보니 어둠 속에서 체스터 양이 손에 편지를 펼쳐 들고 그 위로 고개를 숙인 채 의자에 앉아 있는 모습이 눈에 들어왔다.

아브람 아버지는 다가가 두툼한 손으로 그녀의 손을 꼭 쥐어 주었다. 그녀는 올려다보더니 그의 이름을 부르고는 뭔가 말을 이으려 했다.

"괜찮아, 로즈 양."

방앗간 주인은 다정하게 말했다.

"아직 말하려 애쓸 필요 없어. 슬플 때는 조용히 실컷 우는 것만 한 게 없지."

나이 든 방앗간 주인은 깊은 슬픔을 겪었던지라, 남의 슬픔을 몰아내는 데는 마치 마법사 같았다.

체스터 양의 흐느낌이 차츰 잦아들었다. 잠시 후 그녀는 작고 수수한 손수건을 꺼내서 아브람 아버지의 두툼한 손에 떨어진 자신의 눈물을 닦았다. 그러고는 올려다보며 눈물이 남아 있는 얼굴로 웃었다. 아브람 아버지가 가슴에 슬픔을 안고 있으면서도 웃을 수 있는 것처럼, 체스터 양은 항상 눈물이 마르기 전에 웃을 수 있는 사람이었다. 이런 면에서 두 사람은 매우 비슷했다.

옛 방앗간 주인은 아무것도 묻지 않았지만 체스터 양은 차츰 말을 시작했다. 으레 젊은이에게는 대단하고 중요한 일처럼 보이지만 나이 든 이에게는 추억을 떠올리며 미소 짓게 만드는 늘 있는 이야기였다. 짐작하듯 사랑 이야기였다.

애틀랜타에 착하고 품위 있는 젊은 청년이 하나 있다고 했다. 그 청년 역시 체스터 양이 애틀랜타뿐 아니라, 북쪽의 그린란드에서부터 남쪽의 파타고니아에 이르기까지 이 세상 누구보다 착하고 품성이 바른 처녀임을 알고 있었다.

그녀는 울면서 보던 편지를 아브람 아버지에게 건네주었다. 착하고 품위 있는 젊은이가 쓴 연애편지다운 글 뒤에는 다정하면서도 남자답고 절박함을 담고 있었다. 그는 체스터 양에게 당장 결혼하자고 했다. 그녀가 3주 휴가를 떠난 후 견디기 힘들었다고 했다. 그는 즉시 답을 달라고 간청하며, 만약 자기 뜻을 받아 준다면 협궤 열차를 무시하고 레이크랜드로 한걸음에 달려가겠노라고 했다.

"그런데 뭐가 문제지?"

옛 방앗간 주인이 편지를 읽고 물었다.

"그 사람과 결혼할 수 없어요."

체스터 양이 말했다.

"그와 결혼하고 싶지 않아?"

그가 다시 물었다.

"아뇨, 그를 정말 사랑하고 있어요."

그녀가 대답했다.

"하지만……."

체스터 양이 고개를 숙이고 다시 흐느끼기 시작했다.

"자, 로즈 양."

옛 방앗간 주인이 말했다.

"날 믿어 봐요. 굳이 묻지는 않겠지만, 날 믿어도 될 것 같은데."

"물론 믿어요."

소녀가 말했다.

"왜 랄프의 청을 거절할 수밖에 없는지 말씀드릴게요. 저는 보잘것없는 사람이에요. 이름도 없는걸요. 제 이름은 가짜예요. 그에 반해 랄프는 좋은 가문 사람이죠. 전 그를 진심으로 사랑하고 있지만, 그의 아내가 될 자격이 없어요."

"그게 무슨 소리야?"

아브람 아버지가 말했다.

"부모님을 기억한다고 했잖아. 왜 이름이 없다는 거지? 이해가 안 되는걸."

"부모님 기억은 나요."

체스터 양이 말했다.

"너무 잘 기억하고 있죠. 제일 어렸을 때 기억은 저 멀리 남쪽 어딘가에서 살던 때예요. 우리는 여러 도시로 이사를 자주 다녔어요. 저는 목화를 따고 공장에서 일하기도 했는데 제대로 먹거나 입지 못하는 경우가 많았어요. 어머니는 때로 제게 잘해 주셨지만 아버지는 항상 저를 심하게 대했고 때렸죠. 지금 생각해 보면 두 분은 일자리를 갖지 못하고 떠돌아다녔던 것 같아요."

"애틀랜타 근처 강가에 있는 작은 마을에서 살던 어느 날 밤, 부모님은 크게 싸우셨어요. 두 분이 서로에게 욕하고 비난하시는 와중에 전 알게 됐어요. 오, 아브람 아버지, 전 있어야 할 필요가 없는 아이란 사실을 알게 됐어요. 아시겠어요? 전 이름조차 지어 줄 가치가 없었던 거예요. 전 정말 보잘것없는 사람이었어요."

"그날 밤 집을 나왔어요. 애틀랜타까지 걸어가서 일을 구했죠. 로즈 체스터란 이름을 짓고 지금까지 스스로 생계를 꾸려 왔어요. 이제 제가 왜 랄프와 결혼할 수 없는지 아시겠죠. 오, 랄프에게 이런 이야기를 할 수는 없어요."

어떤 동정이나 연민의 말보다 로즈 양에게 힘이 된 건 그녀의 고민이 쓸데없는 걱정이라는 아브람 아버지의 말이었다.

"이런, 이런! 그게 다야?"

그가 말했다.

"참나! 나는 뭔가 큰 문제라도 있는 줄 알았지. 그 완벽한 청년이 정말 남자라면 로즈 양의 가족사에 털끝만큼도 신경 쓰지 않을 거야. 로즈 양, 내 말을 들어 봐. 그가 관심 있는 건 로즈 양 자신이라고. 내게 말했던 것처럼 그에게 솔직히 이야기해 봐. 내가 장담하는데 그는 로즈 양의 이야기를 가볍게 웃어넘기고, 오히려 로즈 양을 더 아껴 줄 거야."

"절대 말할 수 없어요."

체스터 양이 슬픈 목소리로 말했다.

"그리고 그 사람뿐 아니라 누구와도 결혼하지 않을 거예요. 전 그럴 자격이 없어요."

그때 햇빛이 내려앉은 길 위로 긴 그림자 하나가 불쑥 나타났다. 곧이어 그 곁으로 조금 짧은 그림자가 나타났고, 알 수 없는 그림자 둘은 교회 쪽으로 다가왔다. 긴 그림자는 연습하러 오는 오르간 연주자 피비 서머스 양의 것이었고, 짧은 그림자의 주인은 열두 살 토미 티그였다. 그날은 토미가 피비 양을 위해 오르간에 바람을 넣는 날이었고, 그는 의기양양하게 맨발로 길 위의 먼지를 차올렸다.

라일락 꽃무늬 원피스를 입고 양쪽 귀 위로 머리를 말아 단정하게 늘어뜨린 피비 양은 아브람 아버지에게 몸을 낮춰 공손하게 인사한 뒤, 체스터 양에게는 곱슬머리를 찰랑거리며 가볍게 인사했다. 그러고는 조수 토미와 함께 오르간이 놓인 다락으로 가는 가파른 계단을 올라갔다.

어두워져 가는 아래층에 아브람 아버지와 체스터 양이 자리를 떠나지 않고 있었다. 그들은 말없이 골똘히 회상에 잠겨 있는 듯했다. 체스터 양은 손으로 턱을 괴고 앉아서 먼 곳을 바라보고 있었다. 아브람 아버지는 곁에 있는 의자 옆에 서서 깊은 생각에 빠진 채 문밖의 도로와 쓰러져 가는 오두막을 바라보았다.

순간 아브람 아버지의 눈에 비친 풍경이 거의 20년 전 과거의 모습으로 돌아갔다. 타미가 페달을 밟아 넣는 바람이 충분한지 알아보려고 피비 양이 계속 누르고 있는 오르간의 낮은 건반음 때문이었다. 그가 있는 곳은 더 이상 교회가 아니었다. 작은 목조 건물을 흔들며 낮게 울리는 진동음은 오르간에서 나오는 소리가 아니라 방앗간 기계가 웅웅거리며 돌아가는 소리였다.

그는 분명 낡은 물레방아가 돌아가고 있고, 자신이 다시 예전처럼 산속 오래된 방앗간에서 밀가루투성이로 즐겁게 일하는 방앗간 주인으로 돌아간 느낌이 들었다. 이제 저녁이 되었으니 곧 신바람이 난 아글라이아가 저녁 먹으러 오라고 자신을 부르러 길을 건너 아장아장 걸어올 터였다. 아브람은 부서진 오두막 문을 물끄러미 바라보았다.

그리고 또 놀라운 일이 일어났다. 위층 복도에는 밀가루 자루들이 줄지어 놓여 있었다. 그 자루 중 하나에 쥐가 있었던 듯했다. 아무튼 오르간의 저음이 일으킨 진동 때문에 복도 바닥의 판자 틈 사이로 밀가루가 줄줄 새어 나와 아브람 아버지를 머리부터 발끝까지 하얗게 덮었다. 그러자 옛 방앗간 주인은 통로로 나와 손을 흔들며 방아꾼 노래를 부르기 시작했다.

방아가 돌아가네
곡식이 빻아지네
먼지투성이 방아꾼은 즐거워.

그때 마침내 기적이 일어났다. 의자에 몸을 기대고 있던 체스터 양의 얼굴이 밀가루처럼 새하얘졌다. 꿈속에 잠긴 듯한 표정으로 눈을 크게 뜨고 아브람 아버지를 바라보았다. 그가 노래를 부르기 시작하자, 그녀는 그를 향해 팔을 벌렸다. 이내 입술이 움찔거렸다. 그러고는 꿈꾸는 목소리로 그를 불렀다.

"아빠, 덤스랑 집에 가요!"

피비 양은 누르고 있던 낮은 음 건반에서 손을 뗐다. 하지만 그녀의 역할을 훌륭했다. 그녀가 내던 낮은음 덕분에 체스터 양의 닫혔던 기억의 문이 활짝 열린 것이다. 아브람 아버지는 잃어버렸던 딸 아글라이아를 품에 꼭 안았다.

레이크랜드에 가면 그들의 이야기를 좀 더 들을 수 있을 것이다. 두 사람이 그간의 사연을 어떻게 더듬어 갔는지, 그리고 9월의 그날에 방랑 집시들이 귀여운 아글라이아에 반해 그녀를 납치한 뒤 어떤 일이 있었는지에 대해서도 들을 수 있을 것이다.

하지만 이글하우스에 가서 그늘진 현관에 편안히 앉을 때까지 기다려야 할 것이다. 그러고 나면 느긋하게 이야기를 들을 수 있을 것이다. 이제 우리의 이야기는 피비 양이 누른 낮은 오르간 음의 여운이 남아 있는 이쯤에서 마무리하는 게 제일 좋을 듯하다.

마지막으로 하나 더. 아버지와 딸이 기쁨에 겨워하며 길게 땅거미 진 길을 걸어 이글하우스로 돌아오는 동안, 내 마음에 남은 가장 멋진 대화가 이어졌다.

"아버지."

조금 어색하고 수줍은 듯 그녀가 물었다.

"돈이 많으세요?"

"돈이 많냐고?"

방앗간 주인이 물었다.

"글쎄, 정도의 문제겠지. 네가 달을 사 달라거나, 그만큼 비싼 걸 사 달라고만 하지 않는다면 충분히 있다고 할 수 있을 거야."

"돈이 아주 많이 들까요?"

언제나 동전 한 푼까지 아끼며 살아온 아글라이아가 물었다.

"애틀랜타에 전보를 보내려면요."

"아!"

아브람 아버지가 살짝 숨을 내쉬며 말했다.

"알겠다. 랄프에게 이리 와 달라고 하고 싶은 거구나."

아글라이아가 부드럽게 웃으며 아버지를 쳐다보았다.

"아뇨, 랄프에게 기다려 달라고 하려고요."

그녀가 말했다.

"이제 막 아빠를 찾았으니 잠시 동안은 아빠하고 둘이서만 있고 싶거든요. 그 사람한테 기다려야 한다는 말을 하고 싶어요."

피서지에서 생긴 일

브로드웨이에는 여름휴가 상품을 기획하는 사람들이 발견하지 못한 호텔이 있다. 그곳은 넓고 시원하다. 객실은 서늘한 기운의 짙은 색 참나무로 마감되어 있다. 호텔에서 만들어 내는 산들바람과 짙은 녹색의 관목들이 마치 애디론 산맥에 온 듯한 쾌적함을 선사한다. 널찍한 계단으로 올라갈 수도 있지만, 황동 단추를 단 직원의 안내를 받으며 공중에 매달린 엘리베이터를 타고 꿈꾸듯 미끄러져 올라가면 알프스 등반가들은 누리지 못하는 고요한 즐거움을 맛볼 수 있다. 주방에 있는 요리사들은 화이트 산맥에서 맛보는 것보다 더 뛰어난 민물송어 요리, 올드 포인트 컴포트 사람들도 질투할 만한 해산물 요리, 메인 주 수렵 감시관이 임무를 망각하게 할 만큼 맛있는 사슴 요리를 제공한다.

사막처럼 뜨거운 7월의 맨해튼에서 이 오아시스를 발견한 사람은 별로 없었다. 7월에는 줄어든 손님들이 서늘한 황혼 무렵의 고상한 식당에 호사스레 흩어져 앉아서, 눈처럼 하얀 테이블보에 덮여 있는 빈 테이블들 사이로 조용히 서로의 행운을 축하한다.

넘쳐 나는 웨이터들이 손님 근처를 맴돌며 주의 깊게 살피다가 부르기도 전에 달려가 시중들고 필요한 걸 채워 준다. 실내 온도는 언제나 4월이다. 천장에는 여름 하늘이 수채화로 그려져 있는데, 아쉽게 사라져 버리는 자연의 구름과는 달리 언제나 고운 구름이 둥실 떠 있다.

멀리서 들려오는 브로드웨이의 흥겨운 소음도 이 호텔에 투숙한 행복한 사람들의 상상 속에서는 숲을 채우는 평화로운 폭포 소리로 들린다. 낯선 발자국 소리라도 들리면 투숙객들은 불안함에 귀를 쫑긋 세우며, 늘 즐거움을 찾아 구석구석을 찾아 헤매는 사람들에 의해 자신들의 은신처가 발각되고 침범당하는 것은 아닌지 걱정한다.

결국 예술과 기술이 어우러져 만들어 내는 산과 해변의 기쁨을 즐길 줄 아는 일부 사람들만이 무더운 계절에 한가로운 호텔에 은둔하며 유유자적 휴가의 기쁨을 누린다.

올 7월에는 '마담 엘루아즈 다르시 보몽'이라고 쓴 명함을 접수계 직원에게 내미는 한 여자가 호텔에 들었다.

마담 보몽은 로터스 호텔이 반길 만한 손님이었다. 그녀는 상류층의 훌륭한 태도를 지닌 데다 상냥하고 친절해서 호텔 직원들이 다투어 수발을 들고자 했다. 벨보이들은 그녀의 호출에 저마다 나서려

했고, 접수계 직원들은 호텔과 호텔 물건을 몽땅 그녀에게 바칠 수 만 있다면 그렇게 할 기세였다. 다른 손님들도 남과 비교할 수 없는 그녀의 여성스러움과 아름다움이 호텔에 어울리는 투숙객들의 품위를 잘 드러내고 있다고 생각했다.

이 지극히 훌륭한 손님이 호텔을 벗어나는 일은 좀처럼 없었다. 그녀의 습성은 로터스 호텔에 머무는 안목 있는 고객들의 취향과 비슷했다. 호텔의 매력을 마음껏 즐기려면 마치 멀리 떠나온 것처럼 도시에서의 일상을 잊어야 한다. 밤에는 인근을 산책하는 것도 괜찮다. 하지만 무더운 한낮에는 마치 맑은 물가의 안식처에서 편안히 머무는 송어처럼 로터스 성의 그늘 안에 주로 머문다.

마담 보몽은 로터스 호텔에서 홀로 지냈지만, 지위에 어울리는 고독이 밴 여왕의 자태를 유지했다. 10시에 아침 식사를 하는 그녀의 모습은 차분하고, 사랑스럽고, 여유로웠으며, 마치 어스름한 황혼 무렵에 빛나는 재스민 꽃처럼 은은했다.

하지만 그녀의 아름다움이 가장 빛나는 건 저녁 식사 때였다. 그녀는 산속 협곡에 숨겨진 폭포에서 피어오르는 안개처럼 아스라하고 아름다운 드레스를 입었다. 그 드레스의 아름다움은 글로 표현하기 어려울 정도였다. 레이스로 장식된 드레스 앞섶에는 늘 선홍빛 장미가 달려 있었다. 수석 웨이터는 문 앞에서 그녀를 맞으며 그 드레스를 경의의 눈빛으로 바라보았다.

그 드레스는 파리를 떠올렸다. 신비로운 백작부인을 연상하는 사람도 있을 테고, 베르사유 궁전과 가늘고 긴 칼, 유명 여배우, 유럽

풍 카드 도박을 떠올리는 사람도 분명 있을 터이다. 로터스 호텔에서는 마담 보몽이 국제적인 인물이며, 러시아를 위해 가늘고 흰 손으로 국가 간에 막후 역할을 하고 있다는 출처 없는 소문이 돌았다. 그녀가 세계를 거침없이 누비는 인물이라면, 미국에서 한여름의 열기를 피해 휴식을 취할 수 있는 가장 적절한 장소로 고상한 로터스 호텔을 손쉽게 찾아낸 것도 놀랄 일은 아니다.

마담 보몽이 호텔에 머문 지 3일째 되던 날, 어느 젊은 남성이 호텔에 묵으러 왔다. 흔히 거론하는 기준대로 그의 특징을 이야기하자면, 유행에 어울리는 옷을 입었고, 균형 잡힌 체격에 용모는 준수했으며, 세상을 두루 경험한 듯 침착하고 세련된 표정을 짓고 있었다. 그는 직원에게 3~4일 정도 머무를 생각이라 말하고, 유럽행 증기선 출항 일정을 물어본 뒤, 자신이 좋아하는 숙소에 만족해하는 표정으로, 비할 데 없이 훌륭한 호텔의 아늑한 품속으로 빠져들었다.

숙박부에 기재된 내용대로라면 그 젊은 남성은 해롤드 패링턴이었다. 그는 로터스 호텔 고유의 평온한 생활 리듬 속으로 조용히 스며든 까닭에 휴식을 찾아 모여든 다른 손님들에게 약간의 폐도 끼치지 않았다. 그는 로터스 호텔에서 식사를 하며, 한배를 탄 운 좋은 다른 선원들과 연꽃 열매를 나눠 먹은 듯이 은혜로운 평화 속으로 빠져들었다.(호머의 오디세이에는 오디세우스가 선원들과 연꽃[lotus, 호텔 이름과 동일] 열매를 먹고 걱정을 잊게 되었다는 이야기가 있다_옮긴이) 하루 만에 그는 전용 테이블과 웨이터를 얻었으면서도, 한편으로는 브로드웨이에 붐비는 행락객들이 멀지 않은 곳에 은밀히 자리 잡은

이 낙원에 들이닥치기라도 하면 어쩌나 불안해했다.

해롤드 패링턴이 온 다음 날, 마담 보몽은 저녁 식사 후에 나가다가 손수건을 떨어뜨렸다. 패링턴은 별다른 사심 없이 이를 주워서 그녀에게 돌려주었다.

아마도 로터스 호텔의 남다른 투숙객들 사이에는 왠지 모를 동지애가 있는 듯했다. 어쩌면 브로드웨이 호텔에서 최고의 여름 휴양지를 발견하는 행운을 함께했다는 사실에 서로 이끌렸는지도 모른다.

공손하면서도 의례적이지 않은 대화가 두 사람 사이에 오갔다. 그러고는 여름 휴양지의 편안한 기분 때문이었는지, 두 사람 사이의 친근함은 마치 마법사의 화초처럼 그 자리에서 자라나고, 꽃이 피고, 열매를 맺었다. 이윽고 복도 끝 발코니에 나란히 서서 가볍고 부드러운 대화를 이어 나갔다.

"유명한 휴양지들은 질렸어요."

마담 보몽이 옅은 미소를 띠며 말했다.

"소음과 먼지를 피해 산이나 해변으로 간들, 사람들이 그곳까지 쫓아와 부산을 떤다면 무슨 소용이 있겠어요?"

"바다 여행도 마찬가지예요."

패링턴이 유감스러운 듯 말했다.

"교양 없는 사람들 천지예요. 최고급 증기선도 연락선과 별로 다를 게 없어지고 있어요. 로터스 호텔이 사우전드 아일랜드나 매키노보다 브로드웨이로부터 더 외진 곳이라는 사실을 여름 휴양객들이 모르길 바랄 뿐입니다."

"어찌됐든 일주일만이라도 이 비밀스런 장소가 안전했으면 좋겠어요."

마담 보몽이 미소 띤 얼굴로 한숨 쉬며 말했다.

"사람들이 이 소중한 로터스 호텔로 들이닥친다면 전 어디로 가야 할지 모르겠어요. 그래도 내가 알고 있는 장소 중에 여름을 즐겁게 보낼 수 있는 유일한 곳이라면 우랄 산맥에 있는 폴린스키 백작의 성이지요."

"이번 여름에는 바덴바덴과 칸도 썰렁하다고 합니다."

패링턴이 말했다.

"오래된 휴양지들은 해마다 평판이 나빠지고 있어요. 아마 다른 사람들도 우리처럼 널리 알려지지 않은 조용하고 아늑한 곳을 찾고 있나 봅니다."

"저는 이 달콤한 안식처에서 3일 더 머무를 생각입니다."

마담 보몽이 말했다.

"월요일에 세르딕호가 출항하거든요."

해롤드 패링턴의 눈에 아쉬움이 묻어났다.

"저도 월요일에 떠나야 합니다."

그가 말했다.

"하지만 외국으로 가지는 않아요."

마담 보몽은 동그란 한쪽 어깨를 외국 사람처럼 으쓱거렸다.

"이곳이 매력적이라 해도 영원히 여기에 숨어 있을 순 없어요. 대저택에서 저를 맞을 준비를 한 달 이상 해 왔거든요. 꼭 열어야 하는 파티가 있답니다. 얼마나 성가신지 몰라요! 그래도 이곳 로터스 호텔에서 보낸 일주일을 잊지는 못할 거예요."

"저도 그렇습니다."

패링턴이 낮은 목소리로 말했다.

"그리고 당신을 태우고 떠날 세드릭호도 몹시 원망스러울 것입니다."

3일 후 일요일 저녁, 두 사람은 예전처럼 발코니에 놓인 작은 테이블에 마주 앉았다. 깍듯한 웨이터가 얼음과 클라레컵(적포도주에 브랜디, 탄산수, 레몬, 설탕을 섞어 차게 한 것_옮긴이)을 가져왔다.

마담 보몽은 저녁 식사 때 늘 입던 아름다운 이브닝 가운을 입고 있었다. 그녀는 생각에 빠진 듯했다. 테이블 위에는 그녀의 손 가까이에 최신 유행의 새털레인 지갑이 놓여 있었다.

그녀는 자신 앞에 놓인 얼음 조각을 먹은 뒤, 지갑을 열어 1달러짜리 지폐를 꺼냈다.

"패링턴 씨!"

로터스 호텔을 사로잡았던 미소를 지으며 그녀가 말했다.

"말씀드릴 게 있어요. 저는 내일 아침 식사 전에 이곳을 떠나요. 일터로 돌아가야 하기 때문이죠. 전 케이시 매머드 가게 양말 매장 직원이고요. 제 휴가는 내일 아침 8시까지입니다. 이 지폐는 다음 토요일 밤에 주급 8달러를 받기 전까지 제게 남은 마지막 돈이랍니다. 당신은 진짜 신사이시고 나에게 정말 잘해 주셨기 때문에 떠나기 전에 이 말씀을 꼭 드리고 싶었습니다."

"전 오로지 이번 휴가를 위해 1년간 급료를 모아 저축했어요. 다른 건 몰라도 딱 일주일 동안은 귀부인처럼 지내고 싶었어요. 매일 아침 7시에 침대에서 기어 나오는 대신 일어나고 싶을 때 일어나고 싶었어요. 최고급 음식을 먹고 시중을 받으며 부자들처럼 벨을 눌러 심부름도 시키고 싶었어요. 이제 소원대로 해 보았고, 내 인생에서 꿈꿀 수 있는 가장 행복한 시간을 보냈답니다."

"전 앞으로 1년을 잘 지낼 수 있는 만족스러운 기분으로 제 일터와 작은 셋방으로 돌아가려 합니다. 패링턴 씨, 전 당신께 이를 털어놓고 싶었어요. 왜냐하면, 음…… 당신이 저에게 호감이 있으신 것 같고, 음…… 저도 당신이 좋거든요. 아, 하지만 그동안 전 당신을 속일 수밖에 없었어요. 왜냐하면 이 모든 것이 저에게는 일종의 동화와도 같았기 때문이에요. 그래서 저는 유럽과 책에서 읽은 다른 나라에 관해 이것저것 떠벌리면서, 당신이 절 대단한 여성으로 생각하도록 만들었어요."

"제가 입을 만한 옷이라곤 지금 입고 있는 이 드레스밖에 없답니다. 오다우드앤레빈스키 상점에서 할부로 산 거예요."

"75달러짜리 맞춤옷이죠. 처음에 10달러를 냈고요. 나머지는 그들이 매주 1달러씩 받으러 오기로 했습니다. 한 가지만 빼고 모두 다 털어놓은 듯합니다. 패링턴 씨, 제 이름은 마담 보몽이 아니라 매기 시비터예요. 다 들어 주셔서 감사합니다. 이 1달러는 내일 드레스 할부금으로 낼 겁니다. 이제 그만 제 방으로 올라가야 할 것 같네요."

해롤드 패링턴은 별다른 표정 없이 로터스 호텔의 가장 사랑스런 손님의 이야기를 들었다. 그녀가 이야기를 끝내자 패링턴은 수표책처럼 보이는 작은 장부를 코트 주머니에서 꺼냈다. 빈 양식에 몽당연필로 뭔가를 적더니, 한 장을 떼어 그녀에게 건네주고는 1달러 지폐를 가져갔다.

"저도 내일 아침에 일하러 가야 합니다만."

그가 말했다.

"지금 일을 시작하는 게 낫겠군요. 지금 드린 건 할부금 1달러에 대한 영수증입니다. 저는 3년 전부터 오다우드앤레빈스키 상점 수금원으로 일하고 있습니다. 정말 재미있네요. 당신이나 저나 똑같은 생각으로 휴가를 보냈다니, 그렇지 않나요? 전 항상 멋진 호텔에 투숙해 보고 싶었습니다. 그래서 20달러씩 받는 주급에서 조금씩 모아, 이번에 소원을 풀었습니다. 저, 매기, 이번 주 토요일 밤에 코니아일랜드에 배 타러 가지 않을래요, 네?"

지난 일주일 동안 마담 엘루아즈 다르시 보몽으로 행세했던 그녀의 얼굴이 환해졌다.

"그럼요, 가고말고요. 패링턴 씨. 토요일에는 12시에 문을 닫아요. 우리가 일주일 동안 특급 호텔에서 지냈다 해도 코니아일랜드는 좋을 거예요."

발코니 아래로는 7월의 더위에 지친 도시가 부산스레 으르렁대고 있었다. 로터스 호텔 안에는 알맞게 조절된 서늘한 그늘이 드리워져 있었고, 세심한 웨이터들이 마담 보몽과 그녀의 동행이 원하면 언제라도 달려가려고 낮은 창가 근처에서 대기하고 있었다.

이윽고 그들은 문가에서 엘리베이터를 기다리며 서 있었다. 마담 보몽이 마지막으로 타고 올라가게 될 엘리베이터였다. 그런데 안으로 들어가기 직전, 그가 말했다.

"'해롤드 패링턴'이란 이름은 부디 잊어 주세요. 제 이름은 맥머너스입니다. 제임스 맥머너스. 친한 사람들은 지미라고 부르죠."

"잘 자요, 지미."

그녀가 말했다.

사회적 삼각관계

6시를 알리는 종이 울리자, 아이키는 손에 쥐고 있던 다리미를 내려놓았다. 아이키 스니글프리츠는 재단사 견습공이었다. 요즘에도 재단사 견습공이 있던가?

어쨌든 그는 양복점의 축축한 악취 속에서 온종일 가위질하고, 시침질하고, 다림질하고, 천 조각을 덧대어 깁고, 얼룩을 닦아 내느라 녹초가 됐다. 하지만 일이 끝나면 아이키는 자신의 하늘을 비춰 주는 별을 향해 큰 포부를 품었다.

토요일 저녁이었다. 주인은 너절한 1달러짜리 지폐 열두 장을 마지못해 아이키 손에 쥐어 주었다. 물을 튀겨 가며 꼼꼼히 손을 닦은 아이키는 셔츠에 낡은 넥타이를 매고 옥수 장식 핀을 단 다음 모자와 외투를 걸치고 자신의 이상을 좇아 길을 나섰다.

누구나 하루 일과를 마치고 나면 사랑이든, 카드놀이든, 뉴버그풍의 바닷가재 요리든, 곰팡내 나는 서가에서의 달콤한 정적이든, 각자 자신의 이상을 추구하기 마련이다.

악취 나는 저임금 공장들이 늘어선 거리, 그 사이로 요란한 소리를 내는 고가철도 아래에서 유유히 활보하는 아이키를 보라. 창백하고 구부정하며 보잘것없이 꾀죄죄해 몸과 마음이 영원히 빈곤에 시달릴 운명처럼 보이는데도, 싸구려 지팡이를 흔들며 독한 담배 연기를 내뿜는 그의 모습을 보니, 좁은 가슴속에 사회의 세균을 기르고 있음을 알 수 있다.

아이키의 발걸음은 매기니스라는 이름의 술집으로 향했다. 그곳은 아이키가 세상에서 가장 위대하고 훌륭한 인물이라 생각하는 빌리 맥마한이 자주 모임을 갖는 곳으로 유명했다.

빌리 맥마한은 지역 유지였다. 그 앞에서는 호랑이(당시 민주당을 좌지우지하던 뉴욕 지역의 부패한 정치 단체의 상징_옮긴이)도 얌전히 가르랑거렸으며, 그의 손에는 사람들에게 나누어 줄 만나(구약성경에 나오는 하늘에서 떨어진 빵_옮긴이)가 쥐어 있었다.

선거가 있었고 귀중한 승리를 거둔 듯했다. 한바탕 선거가 도시 전체를 휩쓸고 지나간 듯 보였다.

아이키는 카운터를 따라 천천히 걸어가 흥분되는 가슴을 진정시키며 자신의 우상을 물끄러미 바라보았다. 크고 부드러우며 미소 띤 얼굴의 빌리 맥마한은 얼마나 대단한가. 회색 눈동자, 매처럼 재빠른 판단, 다이아몬드 반지, 나팔처럼 울리는 목소리, 군주 같은 풍모, 두툼한 돈뭉치, 친구나 동료를 끌어모으는 힘찬 소리—아, 얼마나 제왕 같은 풍모인가! 그를 둘러싼 참모들도 파란 턱에 진지한 표정으로 코트에 손을 깊이 찔러 넣은 채 멋진 모습을 하고 있었지만 맥마한에 비길 바는 못 되었다. 오, 아이키 스니글프리츠의 눈에 비친 맥마한의 모습을 어찌 글로 다 표현할 수 있으리오!

이윽고 매기니스 술집에 승리의 함성이 울려 퍼졌다. 하얀 옷을 차려입은 바텐더들이 능숙하게 술병을 꺼내어 마개를 따고 잔을 준비했다. 사람들이 깨끗한 아바나산 시가 수십 개비를 피워 대자 역설적이게도 술집 안은 자욱한 연기로 가득했다. 지지자들은 연신 맥마한과 악수했다. 이때 아이키의 가슴속에 불현듯 대담하고 흥분에 가득 찬 충동이 일어났다. 맥마한이 움직이면서 생겨난 작은 공간 속으로 한 발짝 다가가서는 그에게 불쑥 손을 내밀었다. 그러자 맥마한은 주저 없이 그의 손을 잡고 악수를 하며 미소를 지어 보였다.

아이키는 귀신에라도 홀린 듯이 완전히 흥분해서 신들이 사는 올림푸스 산으로 뛰어 올라갔다.

"빌리, 나와 한잔합시다."

스스럼없이 그에게 말을 건넸다.

"당신 친구들과도 다 함께할까요?"

"왜 안 되겠소, 형씨."

그의 우상이 친근하게 말했다.

"신나게 마셔 봅시다."

그 말에 남아 있던 아이키의 마지막 이성도 순식간에 날아가 버렸다.

"여기 술 주시오."

떨리는 손을 흔들며 바텐더에게 말했다.

바텐더들이 샴페인 세 병을 따서 카운터에 길게 줄지어 놓은 유리잔에 따르자 거품이 일어났다. 맥마한은 잔을 들고 환한 미소를 띠며 아이키에게 고개를 끄덕여 감사를 표시했다. 맥마한을 따르는 일행들과 보좌관들도 저마다 잔을 집어 들고 큰 소리로 외쳤다.

"위하여."

아이키도 무아지경 속에 신의 음료를 마셨다. 모두 술을 들이켰다.

아이키는 꼬깃꼬깃 말린 주급 돈뭉치를 몽땅 카운터에 내던졌다.

"맞소."

바텐더가 1달러 지폐 12장을 펴며 말했다. 사람들이 다시 빌리 맥마한 주변으로 모여들었다. 누군가가 선거 당시에 있었던 무용담을 흥미롭게 떠들어 대기 시작했다. 아이키는 카운터에 한동안 기대어 서 있다가, 밖으로 나왔다.

아이키는 헤스터가를 따라가다가 크리스티가로 올라가서 집이 있는 델랜시가로 내려갔다. 집에 도착하자 함께 사는 네 여자들, 술주정뱅이 엄마와 추레한 세 누이들이 임금을 내놓으라고 덤벼들었다. 아이키가 돈을 모두 써 버렸다고 고백하자, 그들은 소리를 지르며 빈민가 특유의 욕지거리를 퍼부었다.

하지만 네 여자가 자신을 쥐어뜯고 때릴 때에도 아이키는 꿈결 같은 행복한 무아지경에 빠져 있었다. 그는 늘 동경하던 별이 자신을 이끌어 주는 듯한 공상에 사로잡혀 구름 위를 걷는 듯한 기분이었다. 주급은 몽땅 날렸지만 덕분에 얻은 것을 생각하면 네 여자가 시끄럽게 소리 지르는 것쯤은 아무것도 아니었다.

그는 빌리 맥마한과 악수를 했던 것이다.

*

빌리 맥마한에겐 부인이 있었는데, 그녀의 명함에는 '윌리엄 다라 맥마한 부인(명문 가문 출신임을 나타내는 호칭이 붙지 않은 평범한 명함_옮긴이)'이라는 이름이 새겨져 있었다. 그런데 이 명함에는 좀 속상한 점이 있었다. 그 명함을 건네기가 부끄러운 집들이 있었기 때문이었다. 빌리 맥마한은 정치에서는 막강한 권한을 휘둘렀고, 사업에서는 철옹성을 쌓았으며, 수하에 거느린 사람들의 두려움, 충성, 사랑을 받는 거물이었다. 그가 점점 더 부자가 되면서 신문사들은 그의 일거수일투족을 취재하기 위해 수십 명의 기자를 딸려 보냈으며, 그가 정치적 라이벌들을 가죽 끈으로 묶어 꼼작 못하게 틀어쥐고 있는 영광스런 만평을 싣기도 했다.

그러나 맥마한은 이따금 속상할 때가 있었다. 모세가 약속의 땅을 동경하듯이, 그의 위치에서는 결코 근접할 수 없이 바라봐야만 하는 부류의 사람들이 있었기 때문이다. 아이키가 그러하듯 맥마한도 동경하는 대상이 있었다. 그리고 때로는 그들과 어울릴 수 없다고 생각할 때마다 자신이 이룬 탄탄한 성공도 초라하고 마땅치 않게 보였다. 그의 부인 역시 통통하면서도 예쁜 얼굴에 불만스런 표정을 띠고 있었고, 그녀의 비단옷이 스치는 소리는 마치 한숨 소리 같았다.

상류사회 사람들이 매력을 뽐내는 곳으로 유명한 어느 호텔의 고급 식당에서 멋지고 화려한 모임이 열렸다. 한쪽 테이블에 빌리 맥마한과 그의 아내가 앉았다. 그들은 조용히 앉아 있었지만, 그들이 착용하고 있는 장신구만큼은 설명이 필요 없을 정도로 값비싼 것들이었다. 그곳에서 맥마한 부인의 다이아몬드보다 더 빛나는 건 찾아볼 수 없었다. 웨이터는 최고급 와인을 그들에게 가져갔다. 연미복을 입고 당당하고 윤기 나는 얼굴에 진중한 표정을 한 맥마한 역시 그곳에서 단연 돋보였다.

그들로부터 네 테이블쯤 떨어진 곳에는 큰 키와 날씬한 몸매, 생각이 깊고 우수에 찬 눈빛, 반다이크 수염에 유난히 희고 가는 손을 가진 서른 살가량의 남자가 홀로 앉아 있었다. 그는 고급 안심 스테이크와 버터를 바르지 않은 빵을 탄산수와 함께 먹고 있었다. 남자의 이름은 코트란트 반 듀이킨크. 배타적인 최상류층의 신성한 자리를 물려받은 8,000만 달러의 재산가였다.

빌리 맥마한은 아는 사람이 없었기에 누구에게도 말을 걸지 못하고 있었다. 한편 반 듀이킨크는 모임에 참석한 사람들이 모두 자신의 주목을 받고 싶어 한다는 사실을 알고 있었기에 자기 음식만 쳐다보며 식사를 하고 있었다. 그가 간단히 아는 체만 하더라도 사람들은 그와의 친분을 과시하려 들었기 때문에 그는 되도록 쓸데없는 오해를 불러일으키고 싶지 않았다.

그때 빌리 맥머한은 일생에서 가장 놀랍고 대담한 행동을 문득 생각해 내고는 행동에 옮겼다. 그는 조심스레 일어난 뒤 반 듀이킨크의 테이블로 걸어가서는 그에게 손을 내밀었다.

"저, 반 듀이킨크 씨."

그가 말했다.

"제 지역구의 빈민 거주 지역에서 환경개선사업을 시작하려 하신다는 얘기를 들었습니다. 전 맥마한이라고 합니다. 음…… 저기, 그러니까, 그게 확실하다면 최대한 힘을 다해 돕겠습니다. 이쪽 동네에서는 제 말이 좀 통하거든요, 그렇게 생각하시죠? 아, 그러니까 제 생각에 그럴 거라는 이야기입니다."

반 듀이킨크의 다소 어둡던 눈빛이 밝아졌다. 그는 몸을 일으켜 빌리 맥마한의 손을 잡았다.

"고맙군요, 맥마한 씨."

그는 깊고 진지한 목소리로 말했다.

"그렇지 않아도 그런 구상을 하고 있었습니다. 도움을 주신다니 기쁘군요. 당신을 알게 되어 반갑습니다."

맥마한은 자기 자리로 돌아갔다. 높으신 분에게 받은 칭찬으로 어깨가 으쓱거렸다. 많은 사람들이 부러움과 전에 없던 존경의 시선을 그에게 던졌다. 맥마한의 부인이 황홀함에 몸을 떠는 바람에 그녀의 몸에서 흔들리는 다이아몬드 광채는 눈이 아플 정도였다.

이제 테이블 곳곳에서 자신들이 맥마한과 안면이 있다는 사실을 갑자기 기억해 내고는 아는 척을 하려는 듯했다. 맥마한은 이곳저곳에서 자신을 향하여 미소와 목례를 보내오는 걸 보았다. 그는 아찔할 정도로 근사한 기분에 빠졌다. 선거를 치르며 보여 줬던 침착한 태도는 온데간데없이 사라졌다.

"저분들에게 술을 갖다 드리게!"

그는 손가락으로 가리키며 웨이터에게 명령하듯 말했다.

"저기에도 술을 갖다 드리고. 저 화초 옆에 있는 신사 세 분에게도 술을 갖다 드리게. 내가 계산한다고 말씀드리고. 아니, 아니, 여기 있는 사람들에게 몽땅 한 잔씩 돌리게나."

웨이터는 식당의 품위와 관례를 고려해 볼 때 그런 주문은 따르기 어렵다고 조심스레 속삭였다.

"알겠네."

맥마한이 말했다.

"그게 규정에 어긋난다면 내 친구 반 듀이킨크 씨에게 술 한 병을 보내는 건 괜찮겠나? 그것도 안 돼? 그렇다면 여느 때처럼 내가 가는 단골 술집에나 가서 술을 돌려야 하겠군. 새벽 2시 전까지 오는 사람은 누구든 코가 삐뚤어지게 술을 마실 수 있게 하겠어."

빌리 맥마한은 행복했다.

그는 코트란트 반 듀이킨크와 악수를 했던 것이다.

*

남동부 빈민가의 손수레와 쓰레기 더미 사이로, 어울리지 않게 번쩍거리는 금속 장식물이 달린 커다란 연회색 자동차가 천천히 지나가고 있다. 남루한 차림새로 몰려다니는 아이들 사이로 귀족풍의 용모와 희고 가는 손으로 차를 몰고 가는 코틀랜트 반 듀이킨크의 모습 역시 그곳엔 어울리지 않는 모습이었다. 또한 수수한 아름다움을 지닌 옆자리의 콘스탄스 쉴러 양도 마찬가지였다.

"오, 코틀랜드."

그녀는 숨을 내쉬었다.

"인간이 이런 비참하고 가난한 환경에서 살아야 한다니 너무 슬프지 않나요? 이들을 걱정하고 시간과 돈을 들여 이곳을 개선할 생각을 하다니 당신은 정말 고귀한 분이세요!"

반 듀이킨크가 진지한 눈빛으로 그녀를 바라보았다.

"내가 할 수 있는 일은 미미합니다."

그는 슬프게 말했다.

"근본적으로 문제를 해결하기 위해서는 사회가 나서야 합니다. 물론 개인의 노력이 소용없는 것은 아니지만요. 여길 보세요, 콘스탄스! 배고픈 사람이라면 누구나 와서 배를 채울 수 있는 무료 급식소를 이 거리에 지을 생각이오. 그리고 불이 나거나 병이 돌면 사람이 죽을 수밖에 없는 길 저쪽 편에 있는 낡은 건물들을 부수고 새 건물들을 지으려 한다오."

그의 연회색 차는 달란 시 거리를 따라 천천히 움직였다. 맨발에 헝클어진 머리, 씻지 않은 꾀죄죄한 아이들이 차를 보고 감탄하면서 떼를 지어 졸래졸래 그 뒤를 따랐다. 이윽고 차는 뒤틀린 모습으로 쓰러질 듯 서 있는 어느 더러운 벽돌 건물 앞에 멈추어 섰다.

반 듀이킨크는 기울어진 벽을 좀 더 자세히 살펴보려고 자동차에서 내렸다. 그 건물의 퇴락과 더러움, 그리고 불운을 그대로 닮은 듯한 좁은 가슴과 창백한 얼굴을 지닌 불쾌한 모습의 젊은이가 계단 아래에서 담배를 피우고 있었다.

갑작스런 충동을 느낀 반 듀이킨크는 앞으로 다가가, 자신에게 죄책감을 느끼게 만드는 그 젊은이의 손을 따뜻하게 잡았다.

"난 당신들을 알고 싶소."

그는 진지하게 말했다.

"내가 할 수 있는 한 최대로 돕겠습니다. 우리는 친구가 될 거요."

자동차로 조심스럽게 그곳을 빠져나가면서 듀이킨크는 전에 느껴보지 못한 낯선 만족감을 느꼈다. 가슴에는 행복한 감정이 충만하기 시작했다.

그는 아이키 스니글프리츠와 악수를 했던 것이다.

매혹적인 옆얼굴

칼리프(과거 이슬람 통치자에 대한 호칭_옮긴이) 중에 여성은 거의 없다. 여성은 태생적으로 다양한 목소리를 활용해 얘기하기를 즐기는 세헤라자데다. 수많은 고관의 딸들이 매일 밤 저마다 자신의 술탄에게 천일야화를 들려주고 있다. 하지만 그래도 조심하지 않으면 그들도 위험해질 수 있다.(재미있는 이야기를 통해 죽음을 면한 세헤라자데를 빗대어 표현하였다_옮긴이)

하지만 난 세헤라자데라기보단 칼리프 같은 한 여성으로부터 이야기를 들었다. 뭐, 정확히 얘기하자면 아리비안 나이트 같은 스토리는 아니다. 다른 시대, 다른 나라에서 열심히 행주질하던 신데렐라 이야기도 가미되어 있기 때문이다. 그러니까 시대가 다른 이야기들(결국 동양적인 요소가 가미되어 있는 듯하다.)이 뒤섞여 있는 걸 양해

한다면, 이야기를 잘 들어 보기 바란다.

뉴욕에는 아주아주 오래된 호텔이 하나 있다. 누구나 잡지에서 이 호텔의 목판화를 한 번쯤은 봤을 것이다. 먼 옛날, 14번가 위쪽으로는 보스턴과 해머스타인 사무소로 가는 인디언의 옛길 말고는 없던 시절에 지어진 호텔이다. 그런데 머지않아 곧 헐릴 예정이다. 웅장했던 벽체가 무너지고 벽돌들이 개울가로 소리 내며 굴러떨어지면, 시민들은 삼삼오오 모여, 이 지역의 오랜 상징이었던 건물이 무너져 내리는 모습에 섭섭한 마음을 금치 못할 것이다. 이 새로운 바그다드(뉴욕을 전성기 때의 바그다드로 표현하였다_옮긴이)의 시민들은 자부심이 강하다. 그리고 이 도시의 상징이 허물어지는 모습에 가장 슬퍼하고 울부짖는 사람은 1873년에 공짜 점심을 먹으려다 쫓겨난 적은 있어도 이 호텔에 좋은 기억을 갖고 있는 남자(원래 테러 호트 출신)일 것이다.

매기 브라운 여사는 항상 이 호텔에 묵었다. 그녀는 앙상하게 마른 체구의 60대 여성으로, 칙칙한 검은 드레스를 입고, 아마도 아담이 악어라고 부르기 시작했을 동물 가죽으로 만든 듯한 핸드백을 들고 다녔다. 그녀는 언제나 호텔 맨 위층에 있는 하루 2달러짜리 작은 응접실 딸린 객실을 이용했다. 그리고 그녀가 호텔에 있을 때면, 사기꾼 얼굴을 하거나 안달 난 표정의 남자들이 단 몇 초라도 그녀를 만나고 싶어서 매일같이 들락거렸다. 왜냐하면 매기 브라운이 세계에서 세 번째 갑부일 거라는 소문 때문이었다. 그처럼 정성들여 찾아오는 신사들은, 이 선사 시대 스타일의 핸드백을 든 우중충한 늙은 부인에게는 대수롭지 않을 몇백만 달러 정도를 빌려 볼까 하는 사업가들이거나 이들을 연결시켜 볼까 하는 브로커들이었다.

이 아크로폴리스 호텔(이런! 호텔 이름을 말해 버렸네!)의 속기사이자 타자수는 아이다 베이츠 양이었다. 그녀는 그리스 예술작품의 주인공처럼 완벽한 외모를 갖고 있었다. 예전에 어느 노신사는 어떤 귀부인을 묘사하며 '바라보는 것만으로도 교양이 쌓이는 듯한 사랑스러운 여성'이라는 표현을 사용했다. 마찬가지로 베이츠 양의 검은 머리와 하얀 블라우스를 바라보고 있노라면 마치 무슨 통신 교육이라도 받고 있는 듯했다. 나도 가끔 그녀에게 타이프 치는 일을 부탁하곤 했는데, 나를 친구나 친한 지인처럼 믿는지 선금을 받는 법이 없었다. 친절하고 착한 마음씨를 가진 그녀 앞에서는 화장품 외판원이나 모피 수입상일지라도 감히 무례하게 행동할 생각을 하지 못했다. 빈에 살고 있는 아크로폴리스 호텔 소유주부터 16년 동안 그 호텔에서 일해 온 최고참 짐꾼에 이르기까지, 호텔 사람은 누구라도 그녀에게 무슨 일이 생기면 기꺼이 발 벗고 나설 준비가 되어 있었다.

어느 날 나는 그녀가 일하던 작은 서재 앞을 지나치는데, 검은 머리의 누군가(틀림없이 다른 사람이었다.)가 집게손가락으로 자판을 두드리는 모습이 언뜻 보였다. 항상 그 자리에 있을 줄 알았던 베이츠 양이 없어진 걸 보고, 세상일이란 늘 변하기 마련이란 생각을 하며 지나쳤다. 그리고 다음 날 나는 2주간 휴가를 떠났다. 휴가를 마치고 돌아와서 아크로폴리스 로비를 어슬렁거리며 걷는데, 흠잡을 데 없는 그리스 여신 같은 모습의 베이츠 양이 여느 때처럼 환한 표정으로 자기 타자기에 커버를 덮는 모습이 보였다. 퇴근할 시간이었지만, 그녀는 나더러 의뢰인이 원고를 불러 주는 의자에 잠시 앉아 달라고 요청했다. 베이츠 양은 자신이 호텔을 떠났다가 다시 돌아오게 된 사연에 대해 다음과 같이 이야기를 시작했다.

"저, 선생님, 소설은 잘 쓰고 계세요?"

"아주 규칙적으로 쓰고 있지."

내가 말했다.

"팔려 나가는 만큼씩 쓰고 있다네."

"죄송해요."

그녀가 말했다.

"타자수가 잘 쳐 드려야 이야기도 잘 풀려 나갈 텐데. 제가 없어서 불편하셨죠?"

"그렇고말고."

내가 말했다.

"난 지금껏 아가씨만큼 호텔 손님이나 성질 급한 사람들의 요구에 맞춰 빠르고 적절히 행간을 띠우고 세미콜론을 찍어 가며 타이프 쳐 주는 사람을 본 적이 없다네."

내가 말했다.

"괜찮으시다면 제게 어떤 일이 있었는지 말씀 좀 드릴까 해요."

베이츠 양이 말했다.

"여기 머무시는 매기 브라운 여사 아시지요? 음, 재산이 4,000만 달러나 된대요. 그런데도 뉴저지의 10달러짜리 임대 아파트에 사시지요. 그녀는 부통령이 되려는 돈 많은 사업가들 대여섯 명이 가진 것보다도 많은 현금을 늘 갖고 있어요. 그녀가 돈을 스타킹 속에라도 넣어 가지고 다니는지는 모르겠지만, 아무튼 이 도시에서 황금 송아지를 숭배하는 사람들에게 엄청 인기 있는 건 사실이지요."

"그런데 2주쯤 전이었어요. 브라운 여사가 제 문 앞에 서서 저를 10분간 뚫어져라 바라보시는 거예요. 저는 그녀의 시선을 옆으로 받으며, 토노파에서 오신 점잖은 노신사분을 위해 구리광산 사업과 관련된 이런저런 서류들을 타이프 치고 있었죠. 타자를 치면서도 전 언제나 사방을 둘러볼 수 있답니다. 열심히 일하면서도 옆 머리핀을 통해 볼 수 있고, 블라우스 맨 위 단추를 풀어 놓으면 누가 내 뒤에 있는지도 볼 수 있답니다. 물론 이리저리 손님들이 있는지 두리번거릴 필요는 없어요. 1주일에 18달러에서 20달러 정도는 충분히 벌고 있으니까요."

"그날 저녁, 퇴근 시간에 그녀가 사람을 보내 나더러 자신의 방으로 와 달라고 했어요. 나는 한 2,000단어 정도의 문서나 계약서를 타이핑해 주고 팁으로 10센트 정도 받겠거니 생각했습니다. 아무튼 전 그녀의 방으로 갔습니다. 그런데 말이죠, 놀랐어요. 늙으신 매기 브라운 여사가 인간적으로 바뀌신 거예요."

"'아가.' 그녀가 말했어요. '넌 내가 지금껏 살아오면서 보았던 가장 아름다운 창조물이구나. 일을 그만두고 나와 함께 살았으면 좋겠다. 난 친구도 친척도 없단다.' 그녀가 말했어요. '남편이랑 아들이 하나인지 둘인지 있는데, 아무하고도 연락하고 지내진 않는단다. 열심히 일하는 여성에게 그들은 엄청난 짐이거든. 네가 나의 딸이 되어 주렴. 사람들은 내가 인색하다고 말하고 신문에서는 내가 직접 요리하고 빨래할 정도로 구두쇠라고 하지. 하지만 다 거짓말이야.' 그녀는 계속 말했어요. '손수건, 스타킹, 속치마 같은 간단한 거 외에는 다 세탁소에 맡기고 있어. 난 4,000만 달러의 현금이랑 스탠다드 오일에 버금갈 만큼의 주식과 채권을 갖고 있지. 아니 오히려 더 낫다고 할 수 있어. 난 외롭고 늙어서 말동무가 필요해. 넌 내가 지금껏 봤던 가장 아름다운 사람이란다.' 그러고는 말했어요. '나에게 와서 함께 살지 않으련? 내가 돈을 쓰는지 안 쓰는지 사람들에게 보여 주련다.'"

"음, 선생님이라면 어떻게 하셨겠어요? 물론 저도 넘어갔죠. 솔직히 말하자면 노부인 매기가 좋아지기 시작했어요. 물론 4,000만 달러의 현금이나 그녀가 나를 위해 해 줄 수 있는 것 때문만은 아니었어요. 나 역시 외로운 사람이었으니까요. 살면서 누구나 왼쪽 어깨가 아프다는 둥, 에나멜가죽 구두가 틈이 벌어지면 얼마나 빨리 닳는지 아느냐는 둥 이런저런 이야기를 나눌 사람이 필요하잖아요. 호텔에서 만나는 사람들에게 그런 이야기를 할 수는 없잖아요. 다들 그런 틈만 노리고 있는 사람들이니까요."

"그래서 전 호텔 일을 그만두고 브라운 여사를 따라갔습니다. 여사는 분명 나에게 매료된 듯했어요. 내가 앉아 있거나, 책을 읽거나, 잡지를 볼 때면 나를 30분 이상 쳐다보고 계셨거든요."

"한번은 제가 그녀에게 물었습니다. '제가 돌아가신 친척이나 어린 시절 친구를 떠올리시게 만드나 보죠? 때때로 따스한 시선으로 절 바라보시는 걸 알 수 있거든요.'"

"'넌 내가 세상에서 가장 좋아하는 친구를 쏙 빼닮았단다. 하지만 너도 너대로 좋아한단다, 아가야.' 그녀가 말했어요."

"그러고는 그녀가 어떻게 했는지 짐작하시겠어요? 코니아일랜드에 부서지는 파도처럼 평소의 자제심이 무너지셨어요. 나를 일류 디자이너에게 데려가시더니 명품 옷을 맞춰 주셨어요. 돈은 문제가 아니었어요. 이런저런 주문을 쏟아 내는 통에 가게 주인은 아예 문을 걸어 잠그고 전 직원이 우릴 시중들게 했죠."

"그런 다음 우리가 어디로 갔을 거 같으세요? 아니요. 다시 생각해 보세요. 네 맞아요. 본턴 호텔이에요. 우리는 하루에 100달러 하는 방 6개짜리 숙소에 묵었답니다. 계산서를 봤어요. 전 그 노부인이 좋아지기 시작했어요."

"그리고, 선생님, 제가 맞췄던 옷들이 들어오기 시작하는데, 오, 이해하지 못하실 테니 그 옷들에 대해선 설명하지 않을게요. 그리고 난 그녀를 매기 아줌마라 부르기 시작했습니다. 그야말로 신데렐라가 된 듯했죠. 왕자가 3과 2분의 1 A 사이즈 신발을 신데렐라에게 신겨 주었을 때 그런 기분이 아니었을까 싶었답니다."

"그 후 매기 아줌마는 저를 사교계에 데뷔시킬 연회를 본턴 호텔에서 열 계획이라고 하셨죠. 5번가의 유명한 네덜란드 가문들이 모두 모여들게 할 거라고 하면서요."

"'전 사교계에 데뷔한 적이 있어요. 하지만 다시 해 볼게요.' 제가 말했어요. '아시다시피 이 호텔은 도심에서 가장 고급 호텔 중 하나예요. 죄송하지만 아주머니가 경험이 많지 않다면 유명 인사들을 불러 모으는 건 쉽지 않을 거예요.'"

"'그건 걱정하지 마라, 얘야.' 매기 아주머니가 말했어요. '난 초대장을 보내지 않아. 명령하지. 에드워드 왕이나 윌리엄 트래버스 제롬이 아닌 한 한자리에 불러 모을 수 없는 인사들 50명을 불러 모을 거란다. 물론 그들은 다 신사들이지만, 나에게 돈을 빌렸거나 빌리고 싶어 하는 사람들이다. 그들 부인도 다 오지는 않겠지만, 꽤 많이 참석할 거다.'"

"저, 선생님이 그 연회를 보셨어야 했어요. 저녁 식사가 전부 금 식기와 고급 유리 식기에 담겨 나왔어요. 매기 아주머니와 저 외에 약 40명의 남성과 8명의 귀부인이 참석했어요. 세상에서 세 번째로 부자인 여성이 어땠는지 모르실 거예요. 그녀는 수많은 장식이 달린 새 검정 실크 드레스를 입었어요. 드레스 장식들이 내는 소리는 마치 옥탑방에 친구와 살 때 들어봤던 지붕에 우박 떨어지는 소리 같았어요."

"그리고 제 드레스는 말이죠! 말로는 표현할 수 없을 정도였어요. 모두 수작업으로 만든 레이스로 장식된 300달러짜리 드레스였지요. 내가 계산서를 봤어요. 남자들은 모두 대머리거나 흰 구레나룻이 있었는데, 목화 수확이나 화제 인물에 대해 가벼운 대화들을 끊임없이 이어 나갔어요."

"제 왼편으로는 은행가처럼 말하는 사람이 있었고, 오른편에는 신문 삽화가라는 젊은이가 있었어요. 그가 유일하게, 음 그러니까 제가 말씀드리려는 사람이에요."

"만찬이 끝난 뒤 브라운 여사와 저는 방으로 올라갔어요. 홀에 몰려든 기자들을 내내 헤집고 가야 했죠. 돈의 위력이죠. 저, 혹시 라스롭이라는 이름의 신문 삽화가 아세요? 키 크고 멋진 눈매에 말솜씨가 좋은 사람인데. 아뇨, 어떤 신문에서 일한다고 했는지는 기억이 안 나요. 음, 모르셔도 괜찮아요."

"방으로 올라가자 브라운 여사는 당장 계산서를 갖다 달라고 전화를 하셨어요. 계산서가 왔는데 600달러가 나왔더군요. 매기 아주머니는 졸도하셨어요. 난 아주머니를 거실에 모시고 가서 드레스에 있는 구슬 장식을 헐겁게 풀어 드렸어요."

"'얘야.' 정신을 차린 아주머니가 말씀하셨어요. '그게 뭐였니? 숙박료가 오른 거니, 아니면 소득세였니?'"

"'사소한 저녁 값이에요.' 내가 말했어요. '걱정 마세요. 물 한 양동이 속의 물방울 하나 정도일 뿐이에요. 앉아서 통지서를 보세요. 그저 돈 내라는 통지서일 뿐이에요.'"

"그런데, 선생님, 매기 아줌마가 어떻게 했는지 아세요? 겁에 질리시는 거예요! 다음 날 아침 9시에 저를 데리고 본턴 호텔에서 황급히 나왔어요. 우리는 웨스트사이드 아래쪽에 있는 단칸방에 세 들어 갔어요. 아주머니는 수도꼭지 하나에 전깃불 하나 달려 있는 방 하나를 임대하셨어요. 짐을 다 옮기고 나서 보니 1,500달러짜리 고급 드레스가 불 하나짜리 싸구려 가스스토브와 나란히 있더군요."

"매기 아주머니는 충격을 받으신 듯했어요. 난 누구나 살면서 한 번쯤은 흥청망청 돈을 쓰는 경우가 있다고 생각해요. 남자라면 술에, 여자라면 옷에 정신 못 차릴 때가 있죠. 하지만 4,000만 달러, 어휴, 전 그림만 그려 봐도 기분이 좋네요. 아, 그림 이야기가 나와서 말인데, 라스롭이라는 신문 삽화가를 아시나요? 키 크고…… 아참 아까 여쭤 봤죠? 그 사람이 만찬 때 나에게 아주 친절하게 대해줬어요. 음성도 아주 좋았어요. 그는 아마 내가 매기 아주머니의 돈을 어느 정도 상속받으리라 생각했을 거예요."

"아무튼, 선생님, 전 그 단출한 집에서 3일 버틴 것만으로도 충분했답니다. 매기 아주머니는 전보다 더 자상하셨어요. 항상 절 지켜보고 계셨죠. 하지만 이걸 아셔야 해요. 그녀는 두 얼굴의 나라에 사는 두 얼굴의 여인이었어요. 그녀는 하루에 쓰는 돈을 75센트로 정해 놓았답니다. 우리는 방에서 직접 음식을 만들어 먹었지요. 그곳에서 나는 1,000달러짜리 최신식 옷을 입고, 불 하나짜리 가스스토브 앞에서 곡예를 벌여야 했어요."

"말씀드렸듯이, 전 3일째 되던 날 그 닭장 같은 곳에서 도망쳐 나왔어요. 발랑시엔 레이스가 달린 150달러짜리 홈드레스를 입고 15센트짜리 콩팥 수프를 만드는 생활을 참을 수가 없었죠. 그래서 나는 옷장으로 가서 브라운 여사가 사 준 옷 중에서 가장 싼 옷으로 갈아입었어요. 지금 입고 있는 옷인데 75달러짜리치곤 나쁘지 않죠? 원래 제 옷은 전부 브루클린에 있는 언니 집에 있었거든요."

"'브라운 여사님', 전 매기 아줌마라고 부르던 호칭을 다시 바꾸어 이렇게 말했어요. '전 이제 이 집에서 나가 한 발 한 발 걸어서 최대한 빨리 이 집에서 멀어져 갈 겁니다. 전 돈을 숭배하는 사람은 아닙니다. 하지만 제가 참지 못하는 게 있습니다. 뜨거운 새와 차가운 병을 한꺼번에 불어 댄다는 괴물 이야기를 책에서 읽은 적이 있는데, 그 괴물은 참을 수 있지만, 이랬다저랬다 하는 사람은 참지 못해요.' 전 말했어요. '사람들은 당신이 4,000만 달러를 갖고 있다고 말합니다. 물론 그보다 줄어들지는 않을 거예요. 그리고 전 당신을 좋아하기 시작했죠.'"

"음, 내가 매기 아줌마라고 부르던 분이 제 말에 반대하시며 눈물까지 보이시더군요. 그녀는 버너 두 개짜리 스토브와 수돗물이 나오는 좋은 방으로 이사 가자고 하셨어요."

"'난 끔찍하게 많은 돈을 썼단다, 얘야.' 그녀가 말했어요. '우리는 당분간 절약을 해야 돼. 넌 내가 본 사람 중에 가장 아름다운 창조물이란다.' 그녀가 계속 말했어요. '그리고 난 네가 떠나길 원하지 않는단다.'"

"하지만 보시다시피 전 결국 여기에 있죠. 그녀를 떠난 뒤 곧장 아크로폴리스 호텔로 와서 다시 일을 할 수 있는지 물어보았고, 결국 다시 일할 수 있게 됐어요. 선생님 글은 어떻게 진행되고 있다고 하셨죠? 그동안 제가 타이프를 쳐 드리지 못해서 차질이 있었을 것 같네요. 선생님 글에 삽화도 넣으신 적 있나요? 그런데 신문 삽화가 아시는 분 있나요? 아참, 세상에! 아까 여쭤 봤죠. 전 그 사람이 어느 신문사에서 일하는지 궁금해요. 웃기지만, 내가 매기 브라운의 상속녀가 될 거라고 생각했던 것처럼 그도 나를 그렇게 생각했을지 모르지만, 전 그가 그런 돈에 관심이 있는 사람이라고 생각하고 싶지 않아요. 만약 제가 신문사 편집자들을 좀 알고 있다면, 제가……."

그때 문 입구에서 편안한 발자국 소리가 들렸다. 아이다 베이츠 양은 머리 뒤에 꽂은 핀을 통해 누가 왔는지 보았다. 그때 나는 분홍색으로 물든 그녀의 완벽한 조각상 같은 얼굴을 보았다. 마치 피그말리온 왕에게 일어난 기적 같았다.(그리스 신화에서 아름다운 여인 조각상을 만들고 사랑했던 피그말리온 왕에게 조각상이 인간이 되는 기적이 일어났다_옮긴이)

"내가 상속녀가 아니어도 괜찮을까요?"

그녀가 내게 말했다. 그녀는 이미 그 남자의 청혼을 갈구하는 사랑스러운 여인이 되어 있었다.

"저 분이 라스롭 씨예요. 전 정말 그가 돈 때문에 절 보러 온 게 아니길 바라요. 만약 그가 결국……."

물론 나는 두 사람의 결혼식에 초대받았다. 결혼식 후에 나는 라스롭을 한쪽으로 따로 데려갔다.

"당신은 예술가죠."

내가 말했다.

"그렇다면 왜 매기 브라운이 그토록 베이츠 양에게 호감을 가졌는지 알고 있소? 내가 보여 주겠소."

신부는 고대 그리스의 의상처럼 아름답게 꾸며진 심플한 흰색 드레스를 입고 있었다. 나는 작은 응접실에 놓여 있던 장식 화환에서 잎사귀들을 떼어 내어 화환 모양으로 엮은 뒤, 베이츠 양의 빛나는 밤색 머리 위에 올려놓고 고개를 돌려 옆모습을 신랑에게 보여 주도록 했다.

"와우!"

그가 탄성을 올렸다.

"아이다의 옆모습이 1달러 은화에 새겨져 있는 여성을 완전히 빼닮지 않았습니까?"

경찰관과 찬송가

메디슨 광장의 벤치 위에서 소피는 불편한 듯 몸을 뒤척였다. 밤하늘에 기러기들이 울며 날아가고, 모피 코트가 없는 여인들이 남편에게 상냥해지며, 소피가 공원에서 몸을 뒤척이는 때이면, 겨울이 코앞에 다가왔음을 알 수 있다.

낙엽 한 잎이 소피의 무릎 위로 떨어졌다. 낙엽은 동장군의 명함이다. 동장군은 친절하게도 메디슨 광장에서 노숙하는 사람들에게 자신이 곧 올 것이라고 미리 경고해 주곤 한다. 네거리 모퉁이에 서서 그는 '야외 저택' 거주자들이 겨울에 대비할 수 있도록 저택 문지기인 북풍을 통해 자신의 명함을 건넨다.

소피는 다가올 혹독한 추위에 대처하기 위해 또다시 특별 생계 대책을 세워야 할 때가 되었다고 생각했다. 벤치 위에서 안절부절못했던 것도 그런 이유에서다.

소피의 겨우살이 대책은 그리 대단한 게 아니었다. 유람선을 타고 지중해로 간다거나 베수비오 만에서 나른한 남쪽 하늘을 즐기는 것은 아니었다. 그의 영혼은 그저 그 섬(교도소)에서 석 달간 머무르기를 갈망할 뿐이었다.

북풍의 신과 경찰로부터 벗어나 잠자리와 먹을 것 걱정 없이 마음에 맞는 동료들과 석 달만 지낼 수 있다면 더 바랄 것이 없었다. 손님을 환대하는 블랙웰스 섬은 수년간 그의 겨울 숙소였다. 운이 좋은 뉴요커들이 겨울마다 팜비치와 리비에라로 가는 표를 끊듯이, 소피는 매년 그 섬으로 가기 위한 소박한 연례행사를 치르곤 했다. 그리고 이제 때가 왔다. 어젯밤에는 외투 아래로 무릎과 발목 부분에 신문지 세 장을 덮고 오래된 공원의 분수대 옆 벤치 위에서 잤지만, 더 이상 추위를 이기기 어려웠다. 그래서 소피의 마음속에 그 섬이 크고 절실하게 떠오르게 되었다. 그는 자선의 이름으로 거리의 떠돌이들에게 제공되는 시설들을 경멸했다. 소피는 자선보다 법이 더 친절하다고 생각했다. 시나 자선단체의 시설들은 헤아릴 수 없을 만큼 많아서, 그곳에 가면 간소한 잠자리와 음식을 제공받을 수 있었다. 하지만 소피처럼 자존심이 강한 사람은 자선의 선물이 마땅치 않았다. 비록 돈이 아니더라도 자선의 손길로부터 혜택을 입을 때에는 정신적인 굴욕감을 느껴야 했기 때문이다. 시저에게 브루투스가 있었듯이, 자선의 침대에 몸을 눕히려면 목욕이라는 요금을 내야 했고, 빵 한 조각을 얻어먹으려면 은밀하고 사적인 질문에 대답해야 했다. 때문에 행동은 구속당하더라도 신사의 개인적인 생활에 지나치게 간섭하지 않는 법의 손님이 되는 편이 나았다.

섬으로 가고자 결심한 소피는 자신의 소망을 실현시킬 계획을 세웠다. 손쉬운 방법은 많았다. 그중에서도 가장 매끄러운 방법은 어딘가 고급 레스토랑에 가서 음식을 먹고 돈이 없다고 선언하는 것이다. 그다음에는 소란 피우지 않고 조용히 경찰의 손에 인도되기만 하면, 나머지는 친절한 판사 나리가 알아서 해 줄 것이다.

벤치에서 일어나 광장을 걸어 나온 소피는 평평한 아스팔트의 바다를 건너 브로드웨이와 5번가가 만나는 구역으로 어슬렁거리며 걸어갔다. 그는 브로드웨이 쪽으로 방향을 바꿔 으리으리한 음식점 앞에서 멈춰 섰다. 그곳은 밤마다 최고급 비단옷을 차려 입은 사람들이 모여 최고급 와인을 마시는 곳이었다.

소피는 자기 옷차림도 조끼의 맨 아래 단추부터 위쪽까지는 자신이 있었다. 면도도 하였고 상의도 그리 보기 흉할 정도는 아니었으며, 추수감사절 때 어떤 여자 선교사가 선물해 준 나비넥타이도 단정했다. 만약 의심받지 않고 그 식당 테이블에만 앉을 수 있다면 그의 계획은 성공할 수 있었다. 식탁 위쪽으로 드러난 옷차림만으로는 웨이터의 의심을 불러일으키지 않을 듯했다. 그는 우선 오리 통구이가 좋을 것이라고 생각했다. 그리고 프랑스산 백포도주 한 병과 카망베르 치즈를 곁들이고, 식후에는 커피 한 잔과 시가 한 대를 피우기로 했다. 시가는 1달러짜리면 충분할 것이다. 금액을 모두 합쳐 보았자 음식점 지배인한테 지나친 봉변을 당할 정도는 안 될 것이다. 한편 그 정도 음식이라면 배는 충분히 채울 것이고, 아주 느긋한 기분으로 피난처로 갈 수 있을 것이다.

그러나 소피가 음식점 문으로 발을 들여놓자, 수석 웨이터의 시선이 그의 낡아 빠진 바지와 다 헤어진 구두로 쏠렸다. 그는 억센 손으로 재빨리 소피를 돌려세우더니 아무 말도 없이 보도 쪽으로 재빨리 밀쳐 냈다. 덕분에 오리는 공짜로 먹힐 뻔했던 불명예스런 운명을 가까스로 피했다.

소피는 브로드웨이 거리에서 벗어났다. 대망의 섬으로 가기 위한 길이 식도락의 길은 아닌 듯했다. 교도소로 가는 다른 방법을 찾아봐야 했다.

6번가 모퉁이에는 전등을 환히 밝히고 쇼윈도에 여러 상품을 보기 좋게 진열해 놓은 상점이 있었다. 소피는 돌멩이를 하나 주워 들고는 그 유리창에 내던졌다. 곧 경찰관을 선두로 해서 많은 사람들이 길 모퉁이를 돌아서 달려왔다. 소피는 바지 주머니에 손을 찔러 넣은 채 꼼짝 않고 그 자리에 서 있다가 제복을 입은 경찰을 바라보며 싱긋이 웃었다.

“이 따위 못된 짓을 한 놈, 어디로 갔지?”

경관이 흥분해서 물었다.

“내가 그런 짓을 했다고 생각되지는 않소?”

소피는 비꼬듯이, 하지만 드디어 행운을 맞게 되었다는 생각에 차분한 목소리로 말했다. 경찰관은 소피의 말은 전혀 고려할 생각이 없었다. 유리창을 부순 사람이 법의 집행자와 담판을 지으려고 그

자리에 남아 있을 리는 없기 때문이다. 그런 녀석은 곧 달아나 버리는 법이다. 마침 한 블록 앞에서 차를 타기 위해서 뛰어가는 한 남자의 모습이 경찰의 눈에 띄었다. 그는 경찰봉을 뽑아 들고는 당장에 그 사내를 뒤쫓아 갔다. 두 번씩이나 계획을 성공시키지 못한 소피는 맥이 빠져 터덜터덜 걸어갔다.

이 길 맞은편에는 그리 화려하지 않은 음식점이 있었다. 주머니 사정이 별로 좋지 못한 사람들이 배를 채우는 곳이었다. 식기와 분위기는 둔탁했고 수프와 식탁보는 얄팍했다. 소피는 아무런 제지도 받지 않고 낡아 빠진 구두와 형편을 숨길 수 없는 바지를 입은 채 그 식당에 들어갔다. 그는 식탁에 앉아서 비프스테이크, 핫케이크, 도넛, 파이를 먹어 치웠다. 그러고는 웨이터에게 자기는 동전 한 닢 가지지 않은 빈털터리임을 고백했다.

"자, 이제 경찰을 불러 오시오."

소피가 말했다.

"신사를 오래 기다리게 해서야 되겠소."

"너 따위 녀석한테는 경찰을 부를 필요도 없어."

웨이터는 버터케이크 같은 유들유들한 목소리와 맨해튼 칵테일 속에 들어 있는 체리 같은 눈을 하고 소리쳤다.

"어이, 콘! 이리 와서 좀 도와줘!"

곧 두 명의 웨이터가 소피를 길에 내동댕이치는 바람에 그는 길바닥에 왼쪽 귀를 찧고 말았다. 그는 마치 목수가 접는 자를 펴듯이 관절 하나하나를 펴며 일어나 옷에 묻은 먼지를 털어 냈다. 정말 체포되기란 장밋빛 꿈에 불과한 것 같았다. 섬은 아득히 먼 곳에 있는 듯했다. 두 집 건너 약국 앞에 서 있던 경찰이 빙그레 웃으며 가 버렸다.

다섯 블록을 걸어가고 나서야 소피는 다시금 체포당할 만한 일을 저지를 용기가 생겼다. 이번에야말로 틀림없이 성공할 수 있는 방법이란 생각이 들었다. 어느 소박하고 호감 가는 젊은 여성이 쇼윈도 앞에 서서 면도용 컵과 잉크스탠드 따위를 자못 열심히 바라보고 있었다. 그리고 그곳에서 2미터쯤 떨어진 곳에는 무서운 인상의 덩치 큰 경찰이 소화전에 기대어 서 있었다.

비열하고 불쾌하기 짝이 없는 난봉꾼 역할을 하는 것이 소피의 계획이었다. 그가 점찍은 세련되고 우아한 모습의 희생물 곁에 충직해 보이는 경찰이 있었기에, 소피는 이제 곧 체포되어 조그마하고 아담한 동면의 장소인 그 섬으로 가게 될 것이 틀림없다고 생각했다.

소피는 여선교사가 준 나비넥타이를 고쳐 매고, 웃옷 속으로 기어 올라간 셔츠 소매를 당긴 다음 모자도 멋들어지게 옆으로 비껴쓰고는 젊은 여자 옆으로 접근했다. 그는 여자에게 추파도 던지고, 괜히 "에헴." 하며 헛기침도 하고, 싱글싱글 웃기도 하고, 히죽거리기도 하면서, 난봉꾼들이 흔히 하는 뻔뻔스러운 수작을 해 댔다. 곁눈질로 힐끗 보니 경찰이 자신을 주시하고 있었다. 젊은 여자는 두어 발자국 떨어지더니 다시 면도용 컵으로 눈길을 가져갔다. 소피는 그녀에게 대담하게 달라붙어 모자를 추어올리며 말을 걸었다.

"이봐, 베델리아. 우리 집에 놀러 오지 않겠어?"

경찰은 여전히 지켜보고 있었다. 이 젊은 여자가 모욕을 느끼고 손가락으로 간단히 신호만 해 주어도 소피는 천국 같은 섬으로 가는 길에 접어들 수 있었다. 그는 벌써 경찰서의 따뜻함과 아늑함을 느낄 수 있는 듯했다. 그때 젊은 여자가 소피 쪽을 바라보더니 한 손을 뻗어 그의 옷소매를 잡았다.

"그럼요, 마이크."

그녀가 기쁜 듯이 말했다.

"맥주 한 잔만 사 주시면 말예요. 저도 아까부터 말을 걸고 싶었지만 저기 경찰이 보고 있어서요."

소피는 떡갈나무에 감긴 담쟁이덩굴 같은 젊은 여자를 데리고 울적한 기분으로 경찰 앞을 지나갔다. 어떻게 하더라도 체포당하지 않을 운명인 것 같았다.

그는 다음 길모퉁이에서 여자를 뿌리치고 달아났다. 그는 밤이 되면 연인들의 사랑의 맹세와 가극의 대사 같은 달콤한 대화가 오가는 번화가에서 걸음을 멈췄다. 모피를 입은 여자들과 고급 코트를 걸친 남자들이 차가운 겨울 공기 속에서 유쾌히 걸어가고 있었다. 소피는 자신이 결코 체포되지 못하는 무슨 마법에라도 걸린 게 아닐까 문득 불안해졌다. 그런 생각이 들자 덜컥 겁이 났다. 이윽고 어느 화려한 극장 앞에서 호기롭게 순찰 중인 경찰을 발견한 순간, 지푸라기라도 잡는 심정으로 '풍기문란'이라는 묘안을 떠올렸다.

소피는 길에서 갑자기 주정뱅이처럼 거친 목소리로 고함을 지르기 시작했다. 춤도 추고, 악도 쓰고, 사납게 날뛰면서 소란을 떨었다.

그러자 경찰이 소피에게 등을 돌리고 경찰봉을 빙빙 돌리며 한 시민에게 말했다.

"예일대 학생들이 하트포드 대학에 완승을 거두고 지금 승리를 축하하느라 야단인데, 그중 한 명인 것 같습니다. 시끄럽기는 해도 해를 끼치지는 않습니다. 그냥 내버려 두라는 상부의 지시도 있었습니다."

낙담한 소피는 이득도 없는 소란을 그만두었다. 무슨 짓을 하더라도 경찰이 날 체포하지 않는단 말인가? 섬은 도저히 갈 수 없는 낙원처럼 느껴졌다. 그는 겨울바람에 몸을 떨며 얇은 상의 단추를 채웠다.

어느 담배 가게 안에서 옷을 잘 차려입은 신사 하나가 매달려 있는 등불에 담뱃불을 붙이고 있는 모습이 눈에 띄었다. 입구 옆 문가에는 그 남자의 것인 듯싶은 비단 우산이 놓여 있었다. 소피는 가게 안으로 들어가 그 우산을 집어 들고는 천천히 걸어 나왔다. 담배에 불을 붙이던 남자가 황급히 쫓아 나왔다.

"그거 제 우산입니다."

남자가 점잖게 말했다.

"오, 그래요?"

소피는 좀도둑질을 한 데다 한술 더 떠 빈정거리기까지 했다.

"그럼 경찰을 부르시지? 내가 훔쳤으니……. 당신 우산이라면서! 왜 경찰을 안 부르는 거요? 저기 모퉁이에 경찰이 서 있잖소."

우산 임자는 멈칫했다. 또다시 불길한 예감이 들어 소피도 멈칫했다. 경찰이 의아스러운 눈빛으로 두 사람을 쳐다보고 있었다.

"물론, 음, 그러니까……. 그건 실수였습니다."

우산 임자가 더듬거리며 말했다.

"이 우산이 당신 것이라면 저를 용서해 주십시오. 오늘 아침에 식당에서 제가 주웠거든요……. 만약 당신 우산이 확실하다면, 부디 절……."

"물론 내 거요."

소피가 심드렁하게 말했다.

우산의 먼저 임자는 물러났다. 경찰관도 야회용 외투를 걸친 키 큰 금발 부인이 저만치에서 전차가 지나가는 대로를 건너려고 하자 도와주려고 달려갔다.

소피는 공사로 인해 파헤쳐진 길을 따라 동쪽으로 걸어갔다. 그는 화가 치밀어 공사 중인 구덩이 속으로 우산을 집어 던졌다. 헬멧을 쓰고 곤봉을 들고 있는 사람들에게 투덜대기도 했다. 그처럼 체포되고 싶은데도, 사람들은 그가 아무 잘못도 하지 않는 임금쯤으로 여기는 듯했다.

마침내 소피는 거리의 불빛도 소음도 거의 닿지 않는 동쪽 거리에 도달했다. 그곳에서 그는 매디슨 광장 쪽으로 고개를 돌렸다. 비록 공원의 벤치라 하더라도 인간에게는 집을 그리워하는 본능이 있기 때문이다.

하지만 유난히 조용한 길모퉁이에서 소피는 걸음을 멈추었다. 그곳에는 독특하고 예스러운 교회가 있었다. 보랏빛 스테인드글라스 창문으로 희미한 불빛이 새어 나오고 있었고, 안에서는 분명 다가올 안식일에 찬송가 연주를 잘하려고 연습하는 듯한 오르간 연주자가 건반을 마주하고 있었다. 소피는 귀에 아름다운 음악이 들려오자, 소용돌이 문양의 철제 울타리 앞에 꼼짝 않고 서 있었다.

달이 하늘 한가운데에서 고요하게 빛나고 있었으며, 차나 행인은 거의 없었다. 참새들은 처마 끝에서 졸린 듯 재잘거리고 있었다. 잠시나마 그곳은 시골 교회 안뜰 같은 느낌이 들었다. 그리고 오르간 연주자가 연주하는 찬송가에 매료되어 소피는 철제 울타리에 바싹 달라붙어 있었다. 그 찬송가는 어머니, 장미, 야망, 친구, 때 묻지 않은 사고방식 등으로 가득했던 어린 시절에 익히 들었던, 귀에 익은 노래였기 때문이었다.

감수성이 예민해진 소피는 예스러운 교회 분위기에 휩싸여 갑자기 심경의 변화를 일으켰다. 자신이 빠진 깊은 구렁텅이, 타락한 나날들, 쓸데없는 욕망, 절망감, 못 쓰게 되어 버린 재능, 현재 자신의 행동을 지배하는 궁색한 동기들을 두려운 마음으로 돌이켜 보았다.

그러면서 또 한순간 이런 새로운 기분에 가슴이 설레었다. 자신의 절망적인 운명과 싸워 이겨 내야겠다는 즉흥적이면서도 강렬한 충동이 생겼다. 미로에서 빠져나와 다시 자신의 모습을 되찾고, 그동안 자신을 사로잡고 있었던 악한 마음과 싸워 이기고 싶었다. 아직 늦지 않았다. 아직은 젊은 편이었다. 지난날의 열렬했던 야망을 되살려 주저 없이 추구해 나가고자 했다. 그 엄숙하면서도 달콤한 오르간 소리가 그의 마음속에 큰 변화를 일으켰다. 내일 그는 번잡한 시내로 나가 일자리를 찾을 것이다. 언젠가 모피 수입업자가 운전사

자리를 주겠다고 한 적이 있었다. 내일 그를 찾아가 일을 맡겠다고 말할 참이었다. 그는 이 세상에서 남부끄럽지 않은 사람이 되고자 했다. 그는…….

그때였다. 소피는 누군가 자신의 팔을 붙잡는 것을 느꼈다. 얼른 돌아보니 어느 경찰의 넓적한 얼굴이 보였다.

"여기서 뭘 하고 있는 거지?"

경찰관이 물었다.

"아무것도."

소피가 말했다.

"그렇다면 나랑 함께 갑시다."

경찰이 말했다.

다음 날 아침, 즉결심판을 담당하는 치안 판사가 그에게 선고했다.

"섬에서 3개월 금고형."

손질 잘한 램프

흔히 사람을 부르는 호칭에는 따져 봐야 할 구석이 있다. 이제 호칭에 대한 이면을 살펴보도록 하자. 흔히 '여점원(shop-girls)'이라는 표현을 많이 쓰는데, 그런 사람이 따로 있는 것은 아니다. 물론 그런 아가씨들은 상점에서 일하며 생활한다. 하지만 우리는 공평해야 한다. 흔히 5번가(뉴욕의 고급 번화가_옮긴이)의 여성들을 '결혼한 여자들'이라고 부르는 법은 없지 않는가.

루와 낸시는 친구다. 그들은 고향에서 먹고살기가 넉넉하지 않아서 일자리를 찾아 큰 도시로 나왔다. 낸시는 열아홉 살이고, 루는 스무 살이었다. 둘 다 귀엽고 발랄했으며, 연예인이 되고자 하는 거창한 꿈을 꾸지 않는 시골 처녀들이었다.

하늘이 도왔는지 그들은 싸고 괜찮은 하숙집을 구했다. 둘 다 직장을 구해서 돈을 벌게 되었고, 그들은 여전히 서로 친했다. 그렇게 여섯 달이 흐른 지금, 이들의 속사정에 대해 좀 더 자세히 알아보기로 하자.

이제 독자 여러분에게 이 아가씨들을 소개하고자 하니 한걸음 앞으로 나와 주시기 바란다. 이쪽은 참견하기 좋아하는 독자이시고, 이쪽은 낸시 양과 루 양이다. 독자들이여, 그녀들과 악수하는 사이에 이 숙녀들의 복장을 잘 살펴보시기 바란다. 물론 조심히. 왜냐하면 이 아가씨들도 누가 아래위로 훑어보면 마술(馬術) 대회의 상등석에 앉은 귀부인과 마찬가지로 금방 화를 낼 테니 말이다.

루는 재래식 세탁소에서 품삯을 받고 다림질하는 일을 한다. 그녀는 몸에 맞지 않는 보라색 드레스를 입고 있었으며, 모자에 꽂은 깃털 장식도 10센티미터쯤 과하게 길었다. 하지만 그녀가 걸친 족제비 방한용 토시와 스카프는 25달러짜리로, 계절이 끝날 무렵 쇼윈도에 7달러 95센트에 처분되는 비슷한 동물의 털로 만든 다른 제품과는 다르다. 그녀의 볼은 분홍빛이고 눈은 반짝이는 파란빛이다.

한편 낸시는 사람들이 습관처럼 부르는 이른바 여점원이다. 인간이 어떤 유형으로 구분되는 것은 아니지만, 고약한 세대는 항상 사람들을 분류해서 칭하려 하며 여점원도 그중 하나다. 낸시는 올백으로 말아 올린 머리를 해서 시원한 이마 선을 드러내고 있다.

스커트는 싸구려였지만 플레어는 제대로 되어 있다. 아직 찬 봄 공기로부터 몸을 지켜 주는 털가죽 코트는 없었지만, 비로드 천의 웃옷을 마치 페르시안 양털 옷이라도 되는 듯 멋을 부려 입고 있었다.

사람을 일정한 유형으로 구분하기를 좋아하는 사람이라면, 분명 그녀의 얼굴에서 전형적인 여점원의 표정을 볼 것이다. 그것은 기만당하는 여성의 조용하면서도 경멸에 찬 반발의 표정인 동시에 다가올 복수의 슬픈 예언을 담은 표정이다. 큰 소리로 웃을 때도 그 표정은 사라지지 않는다. 이는 가난한 러시아 농부의 눈에서도 볼 수 있다. 우리 중에서 뒤에 남는 사람은 어느 날 우리를 꾸짖으러 찾아올 가브리엘 천사의 얼굴에서 아마 그 표정을 보게 될 것이다. 그것은 남자를 시들게 하고 무안하게 만드는 표정이기도 하다. 그러나 이미 다 아시듯 남자란 능글맞게 웃으면서 딴마음을 품고 다시 꽃다발을 내민다.

자, 이제 독자 여러분은 루의 "또 봬요."라는 명랑한 인사와 지붕 너머 하늘로 날아오르는 흰나비처럼 훨훨 떠나가는 낸시의 냉소적이면서도 어딘가 아쉽고 귀여운 미소의 전송을 받으면서, 모자를 집어 들고 물러나 주셔야겠다.

두 사람은 길모퉁이에서 댄을 기다리고 있었다. 댄은 루의 착실한 애인이다. 성모 마리아가 열두 사람의 일꾼을 소환해서 잃어버린 새끼 양을 찾고자 할 때 부를 만한 충실한 청년이다.

"춥지 않니, 낸시?"

루가 말했다.

"어쩌면 그렇게 바보 같니, 일주일에 겨우 8달러 받고 그런 고풍스런 백화점에서 일하다니! 난 지난주에 18달러 50센트나 벌었단다. 물론 다리미질은 카운터 뒤에서 레이스를 파는 것처럼 멋지지 않지만 돈벌이가 되잖니. 다림질하는 사람 중에 일주일에 10달러를 못 버는 사람은 없어. 게다가 다림질이 비천한 일은 아니잖아."

"물론 좋은 직업이야."

낸시가 코끝을 치켜들며 말했다.

"그런데 난 주급 8달러와 원룸이면 돼. 난 좋은 물건들과 근사한 사람들에 둘러싸여 있는 게 좋아. 게다가 어떤 좋은 기회가 있는지 생각해 봐! 얼마 전에 장갑 매장에서 일하던 어떤 여자는 피츠버그의 제강업자인지 대장장이인지 하는 백만장자와 결혼했어. 나도 언젠가는 좋은 기회를 잡을 거야. 내 외모가 대단하다고 자랑할 생각은 없지만, 커다란 보상을 받을 수 있는 곳에서 기회를 잡을 거야. 세탁소에서 일하는 여자에게 무슨 기회가 있겠니?"

"난 세탁소에서 댄을 만났는걸."

루가 의기양양하게 말했다.

"그는 주말 셔츠와 옷가지를 맡기러 왔다가 첫 번째 작업대에서 다림질하는 나를 보았지. 우린 다들 맨 앞쪽 작업대에서 일하고 싶어 하지. 그날은 엘라 매기니스가 병이 나서 쉬는 바람에 내가 그 작업대에서 일하게 됐어. 그는 토실토실하고 하얀 내 팔이 먼저 눈에 띄었다고 말하더라. 난 소매를 걷어붙이고 있었거든. 세탁소엔 멋진 남자들이 간혹 온단다. 그들은 슈트케이스에 옷을 넣어 가지고 오지. 문을 성큼 열고 들어오는 것만 봐도 알 수 있단다."

"루, 어쩜 그런 드레스를 입니?"

낸시가 눈을 가늘게 뜨고 귀여운 냉소를 머금은 채, 루의 어색한 드레스를 내려다보았다.

"네 취향이 안타깝구나."

"내 취향이 뭐 어때서?"

루가 새쭉해서 눈을 크게 뜨고 말했다.

"16달러나 주고 산 드레스란 말이야. 원래 25달러짜리라고. 어떤 여자가 세탁하라고 맡겼는데 찾아가지 않아서 내가 세탁소 주인에게서 샀어. 옷소매에 자수가 다 들어가 있다고. 네가 입고 있는 그 흉하고 밋밋한 옷이나 어떻게 해라."

"이 추하고 밋밋한 옷은 밴 얼스타인 피셔 부인이 입는 옷을 베낀 거야."

낸시가 나지막이 얘기했다.

"동료 점원들 얘기로는 그 부인이 작년에 우리 백화점에서 쓴 돈이 1만 2,000달러나 된대. 이 옷은 내가 1달러 50센트 들여서 직접 만들었지. 3미터만 떨어져서 보면 진짜 옷과 구별할 수 없어."

"아무렴."

루가 호탕하게 말했다.

"네가 굶으면서도 있는 척하고 싶다면 그러려무나. 하지만 난 지금 하는 일을 계속하면서 돈을 더 벌 거야. 그렇게 몇 시간 일하면 화려하고 예쁜 옷을 살 수 있거든."

그때 댄이 나비넥타이를 매고 나타났다. 그에게서는 도시에서 흔히 보는 경솔함 대신 진지함이 묻어났다. 주급 30달러를 버는 전기기사인 댄은 로미오 같은 눈으로 루를 바라보면서, 그녀의 수놓은 드레스가 파리들이 기꺼이 걸리고 싶어 할 거미줄 같다고 생각했다.

"여기는 내 친구 오웬스 씨야. 오웬스 씨, 댄포스 양과 악수하세요."

루가 말했다.

"만나서 매우 반갑습니다, 댄포드 양."

댄이 팔을 뻗으며 말했다.

"루에게서 말씀 많이 들었습니다."

"고맙습니다."

손끝으로 살짝 악수하며 낸시가 말했다.

"저도 몇 번인가 그쪽 얘기를 루에게서 들었습니다."

루가 피식 웃었다.

"그런 악수도 밴 얼스타인 피셔 부인한테 배운 거니?"

그녀가 물었다.

"그럴지도 모르지. 너도 날 흉내 내도 좋아."

낸시가 말했다.

"난 절대 못 하겠다. 그런 고상한 악수는 다이아몬드 반지를 봐달라는 뜻 같구나. 다이아몬드 반지 몇 개 장만하면 그때 한번 해 볼게."

"악수 먼저 배우고 나면 그에 어울리는 반지를 얻게 될 확률도 높아질 거야."

낸시가 꾀부리듯 말했다.

"자, 두 분의 토론을 종결시키기 위해서 제가 한 가지 제안을 하겠습니다."

댄이 평소처럼 명랑한 미소를 띠며 말했다.

"제가 두 분을 티파니로 모시고 가서 적당한 반지를 사 드릴 수는 없으니까, 극장으로 모시면 어떨까요? 제가 티켓을 준비했습니다. 진짜 다이아몬드를 낀 손과 악수할 수 없다면, 무대 위의 다이아몬드라도 구경하러 가면 어떨까요?"

기사도를 발휘하며 댄이 보도 가장자리를 따라 걷고, 루가 그 곁에서 밝고 예쁜 옷을 입고 뽐내며 걷고 있었다. 보도 가장 안쪽으로는 날씬하고 참새처럼 수수한 복장을 한 낸시가 밴 얼스타인 피셔 부인의 걸음걸이를 흉내 내며 걷고 있었다. 그렇게 세 사람은 조촐한 밤나들이에 나섰다.

대형 백화점을 교육기관으로 여기는 사람은 많지 않을 것이다. 하지만 낸시는 자신이 일하는 백화점을 그렇게 여겼다. 그녀는 고상하고 세련된 취향을 발산하는 아름다운 것들로 둘러싸여 있었다. 사치스러운 분위기 속에서 살면, 자신이 그걸 살 돈이 있든 없든 사치가 몸에 배게 마련이다.

그녀가 응대하는 사람들은 대부분 옷이며, 매너며, 사회적 지위라는 잣대로 평가되는 부인들이었다. 그런 부인들 한 사람 한 사람으로부터 낸시는 자신이 최고라고 생각하는 것을 하나하나 배우기 시작했다.

어떤 부인한테서는 제스처를, 다른 부인한테서는 눈썹을 치켜세워 말없이 의사를 전달하는 방법을, 또 어떤 부인한테서는 걸음걸이를, 핸드백 쥐는 방법을, 미소 짓는 방법을, 친구와 인사하는 방법을, 아랫사람에게 말 건네는 방법을 배워서 흉내 내곤 했다. 자신이 가장 좋아하는 표본인 밴 얼스타인 피셔 부인으로부터는 은처럼 맑고 여가수들처럼 완벽한 발성으로 내는 부드럽고 차분한 음성을 배워 흉내 내려 했다. 이런 사교계 인사들의 세련되고 우아한 매너에 둘러싸여 있으면 그녀도 깊은 영향을 받지 않을 수 없었다. 좋은 습관은 좋은 신조보다 낫다는 말과 마찬가지로, 좋은 매너는 좋은 습관보다 나을 것이다. 부모의 가르침을 통해 뉴잉글랜드의 양심이 계속 살아 있게 하기는 어려워도, 등받이 의자에 꼿꼿이 앉아 '프리즘(고상한 체하는 태도_옮긴이)과 필그림즈(뉴잉글랜드 지역에 정착한 엄격한 청교도들_옮긴이)'라는 단어를 마흔 번 되풀이하면 악마도 떨어져 나갈 것이다. 때문에 밴 얼스타인 피셔 부인의 어조로 말할 때마다 낸시는 뼛속까지 노블리스 오블리제의 감정을 느꼈다.

대형 백화점이라는 학교에서는 그 밖에도 배울 것이 있었다. 여점원들이 서너 명 모여서 철제 팔찌로 반주를 넣어 가며 뭔가 수다를 떨고 있는 것을 보더라도, 그들이 누군가의 머리 모양을 흉보고 있다고만 생각해서는 안 된다. 그런 모임은 남성들의 심각한 회의 같은 위엄은 없을지 모르지만, 이브와 그 맏딸이 가정에서 아담의 적당한 자리를 그에게 납득시키기 위해 처음으로 얼굴을 맞대고 의논한 모임에 못지않은 중요성을 갖고 있다. 그것은 '공동 방위 및 사회와 남성에 대한 공격법과 격퇴법 교환을 위한 여성회의'라고 할 만한 것으로, 세상은 하나의 무대이고 남성은 어디까지나 꽃다발을 주는 관객인 것이다. 모든 젊은 동물 중에서 가장 연약한 존재인 여자는 새끼 사슴의 우아함은 있으나 날렵하지는 못하고, 참새의 아름다움은 지녔어도 하늘을 날지 못하며, 꿀벌의 달콤한 꿀은 듬뿍 가졌지만……. 아니 이런 비유는 그만두는 것이 좋을 것 같다. 바늘에 찔린 경험이 있는 사람도 있을 테니까.

이 작전 회의 동안 그녀들은 서로의 무기를 보여 주면서 각자의 인생 전술로부터 고안하고 이론화한 전략을 교환한다.

"난 그이에게 이렇게 말했어."

새디란 처녀가 말한다.

"'당신 뭘 모르는군요! 내가 누구라고 감히 그런 말을 해요?' 그러자 그가 내게 뭐라 했는지 알아?"

갈색 머리, 검정 머리, 금발 머리, 빨강 머리, 가지각색의 머리가 끄덕인다. 대안이 제시되고 저돌적인 공격은 슬쩍 받아넘기기로 결정이 난다. 그다음부터는 공동의 적 남자에 대해 사용할 전략을 논의한다. 그렇게 낸시는 방어법을 배웠다. 여성에게 성공적인 방어는 승리를 의미한다.

백화점의 교과목은 광범위하다. 아마 어떤 대학도 결혼이라는 그녀의 일생의 소망을 성취하기 위한 준비를 백화점만큼 잘 가르쳐 줄 수 없을 것이다.

백화점 내에서 그녀가 일하는 매장의 위치는 썩 괜찮았다. 음반을 틀어 주는 곳이 가까이에 있어서 명작곡가들의 작품을 듣고 어느 정도(그녀가 동경해 마지않으며 한쪽 발이라도 넣고 싶어 하는 사교계에서 통할 수 있는 최소한으로) 친숙해졌다. 미술품, 비싸고 고상한 옷감, 여성에게는 교양이라고 할 장신구 등이 가진 교육적인 영향력을 그녀는 흡수했다.

다른 점원들도 낸시의 야심을 곧 눈치챘다.

"낸시, 네가 좋아할 만한 백만장자가 오고 있어."

그럴듯하게 보이는 남성이 매장에 다가올 때마다 그녀들은 낸시에게 알려 줬다. 같이 온 여성이 쇼핑하는 동안 할 일 없이 서성거리는 남자들은 손수건 매장 근처에서 흰 마로 만든 고급 손수건을 무심코 바라보곤 했다. 눈치로 배워서 기품 있어 보이는 낸시의 거동과, 그 타고난 고상한 아름다움이 사람들의 눈길을 끌었다. 그래서 많은 남자들이 그녀 앞에서 호기를 보였다. 개중에는 몇 사람 정말로 백만장자가 있었는지는 모르지만, 대부분 애써 백만장자처럼 보이는 인간들에 지나지 않았다. 낸시는 이를 구별하는 방법을 알아냈다. 손수건 매장 끝에는 창문이 있었고, 거기서 내려다보면 손님이 타고 온 자동차들이 늘어서 있는 모습이 보였다. 그 자동차들을 보면서 주인처럼 저마다 제각각임을 그녀는 깨달았다.

한번은 어떤 근사한 신사가 손수건을 4다스나 산 뒤, 계산대 건너편에서 코페추어 왕(거지 처녀와 사랑해 결혼한 아프리카의 전설 속 왕_옮긴이) 같은 태도로 그녀에게 구애했다. 그가 가고 난 뒤 어느 여점원이 말했다.

"낸시, 저런 남자에게 냉정하게 대하다니 너 실수한 거야. 내가 보기엔 근사한 남자 같던데."

“저 남자가?”

낸시가 밴 얼스타인 피셔 부인처럼 달콤하면서도 냉정한 미소를 띠며 객관적인 태도로 말했다.

“난 싫어. 나는 그가 밖에서 차를 타고 오는 걸 봤지. 그는 12마력짜리 자동차를 운전하는 아일랜드 운전사였어! 또 그 사람이 어떤 손수건을 샀는지 봤잖아. 실크였어! 난 아무 남자나 사귈 수 없어.”

백화점에서 가장 세련된 두 여성인 매장 지배인과 계산대 점원에게는 이따금 함께 식사하는 ‘근사한 신사 친구들’이 있었다. 한번은 그들의 모임에 낸시가 초대받은 적이 있었다. 그들이 모여 식사한 곳은 매년 마지막 날 밤이면 예약 없이 들어갈 수 없는 호화로운 곳이었다. 두 명의 ‘신사 친구’ 가운데 한 사람은 대머리였는데 사치스러운 생활을 하고 있는 것이 분명해 보였다. 다른 한 사람은 젊은이였는데 두 가지 행동과 모습을 통해 자신의 부와 교양을 다른 사람에게 분명히 드러내고 있었다. 마시던 포도주에서 모두 코르크 냄새가 난다고 단언하면서 아는 체하는가 하면, 다이아몬드 커프스단추를 달아서 은연중에 부자임을 드러냈다. 이 젊은이는 낸시에게 거부할 수 없는 매력을 느꼈다. 낸시는 그녀가 속한 계급의 특징인 솔직하고 쾌활한 성격에다 그 남자가 속한 상류사회 사람들의 매너와 화법을 겸비한 매력을 지니고 있었다. 그래서 그는 다음 날 다시 백화점에 나타났다. 그러고는 약초로 표백한 리넨 천에 가장자리를 수놓은 고급 손수건 한 박스를 앞에 놓고 랜시에게 진지하게 청혼했다. 하지만 낸시는 거절했다. 마침 3미터 떨어진 곳에서 퐁파두르 머리를 한 여점원이 이들을 지켜보고 있었다. 거절당한 구혼자가 사라지자, 그 여자는 낸시에게 달려와 심하게 나무랐다.

"이 바보야! 저 사람은 백만장자야. 돈 많은 밴 스키틀즈 노인의 조카란 말이야. 머리가 어떻게 된 거 아니니, 낸시?"

"내가 그래 보여?"

낸시가 말했다.

"저 사람은 대단한 부자는 아니야. 집에서 생활비로 1년에 2만 달러밖에 받지 못한다고. 지난번 저녁 식사 때 대머리 아저씨가 그걸 갖고 그를 놀리더라고."

퐁파두르 갈색 머리의 여자가 바싹 다가와서 눈살을 찌푸렸다.

"아니, 그럼 더 이상 뭘 원하는데?"

껌이라도 씹어서 목을 풀어야 할 쉰 목소리로 그녀가 물었다.

"그 정도로 부족하단 말이야? 모르몬교도이면서 록펠러, 글래드스턴, 스페인 국왕, 뭐 이런 사람들하고 결혼하고 싶다는 거야? 1년에 2만 달러가 부족해?"

검은 눈동자를 가진 동료의 피상적인 말에 낸시의 얼굴이 다소 붉어졌다.

"돈 때문만은 아냐, 캐리."

그녀가 말했다.

"지난밤 식사 때 그는 거짓말을 하다가 친구에게 들켰어. 어떤 여자에 관계된 일이었는데, 그녀와 극장에 간 적이 없다고 거짓말을 했다가 친구에게 들통 났지. 난 거짓말하는 사람은 못 참아. 그걸 감안하면 그를 좋아할 수 없지. 그게 다야. 나는 내 자신을 싸구려로 팔고 싶은 생각은 없어. 어쨌든 나는 남자답게 떳떳한 사람을 찾아야 해. 음, 난 탐나는 결혼 상대를 찾고 있어. 하지만 장난감 저금통처럼 짤랑거리는 남자는 싫어."

"정신병원에 가 봐야 하는 거 아니니!"

이렇게 말한 뒤 갈색 머리 처녀는 자리를 떴다.

주급 8달러를 받으면서도, 낸시는 환상까지는 아니더라도 커다란 희망을 품고 살았다. 그녀는 미지의 훌륭한 결혼 상대를 찾아 매일 거친 빵을 먹으며 거친 황야에서 야영하는 사냥꾼이었다. 그녀의 얼굴에는 남자 사냥꾼다운 가냘프면서도 씩씩하고, 다정하면서도 단호한 표정이 있었다. 백화점은 그녀의 사냥터였다. 커다란 뿔을 가진 거물 사냥감을 보고 그녀는 여러 번 총을 겨누었다. 하지만 언제나 마음속 깊이 있던 본능(사냥꾼의 본능인 동시에 여자의 본능)이 방아쇠를 당기지 못하게 하고 다시 추적을 계속하게 만들었다.

루는 세탁소에서 잘 지냈다. 주급 18.5달러를 받아서 그중 6달러를 주거비로 쓰고 나머지는 주로 옷을 사는 데 썼다. 취향과 매너를 향상시킬 수 있는 기회는 낸시에 비해 적었다. 김이 자욱한 세탁소에서 그녀는 그저 일하고 또 일하는 것 이외에는 저녁에 무엇을 하며 즐거운 시간을 보낼까 하는 생각을 하는 게 고작이었다. 비싸고 화려한 옷감들이 그녀의 다리미 밑으로 지나갔다. 아마도 옷에 대한 애착은 그녀가 손에 든 금속 덩어리를 통해 그녀에게 흘러들어 갔는지 모른다.

하루 일이 끝날 무렵이면, 무슨 일이 있어도 그녀 곁을 지키는 충직한 그림자 댄이 밖에서 그녀를 기다렸다.

때로는 그도 세련되기보다는 차츰 눈에 튀는 쪽으로 변해 가는 루의 의상을 곤혹스런 눈빛으로 바라보았다. 그렇다고 그녀에게 충실하지 않은 것은 아니었다. 길을 갈 때 그녀의 옷이 사람들의 시선을 끄는 것이 불편했을 뿐이었다.

한편 루는 의좋은 친구 낸시와 잘 지냈다. 댄과 놀러 갈 때는 항상 낸시도 함께했다. 여분의 부담을 댄은 기꺼이 감수했다. 함께 어울려 노는 3인조 친구들 가운데 루는 화려함을, 낸시는 고상함을, 댄은 무게감을 보태었다. 이 호위병은 단정하기는 했으나 기성품인 줄 한눈에 알 수 있는 양복에 기성품 넥타이를 매고 있었으며, 상냥하고 재치가 있어서 남을 자극하거나 남과 충돌하는 일이 없었다. 그는 함께 있는 동안엔 그 존재를 잊어버리기 쉽지만 없으면 생각나는 선량한 남자였다.

낸시의 고상한 취향은 이러한 기성품 같은 남자와의 여흥이 때로 만족스럽지 않았다. 하지만 그녀는 젊었고, 미식가가 될 수 없는 젊음은 대식가가 되곤 한다.

“댄은 항상 나에게 당장 결혼하자고 해.”

언젠가 루가 말했다.

“하지만 내가 왜 그래야 돼? 나는 독립적인 여성이야. 나는 직접 벌어서 생활할 수 있는데, 그는 결혼 후에 내가 일을 계속하지 못하게 할 거야. 그건 그렇고 낸시, 넌 어쩌자고 옷도 제대로 못 사 입고 맛있는 것도 제대로 사 먹지 못하면서 그런 구식 가게를 계속 다니는 거니? 너만 원한다면 내가 당장 세탁소에 자리 알아봐 줄게. 너도 돈 좀 많이 벌 수 있으면 덜 거드름 피울 거 같은데?"

"난 거드름 피우는 게 아니야."

낸시가 말했다.

"하지만 먹고 싶은 거 제대로 못 먹어도 난 지금 있는 가게에 그냥 있는 편이 좋아. 나를 둘러싼 환경이 습관이 된 거 같아. 나는 기회를 원해. 언제까지 카운터 뒤에 있고 싶지는 않아. 난 매달 뭔가 새로운 걸 배우고 있어. 세련되고 부유한 사람들과 늘 얼굴을 맞대고 있으면서 말이야. 비록 그 사람들의 시중을 들고 있지만, 내 주변에서 생기는 어떤 신호도 난 놓치고 있지 않아."

"네 백만장자는 아직 못 찾았니?"

루가 놀리듯 웃으며 말했다.

"아직 고르지 못했어."

낸시가 대답했다.

"그 사람들을 관찰하고 있는 중이야."

"세상에! 고를 생각을 하고 있다고! 재산이 웬만큼 있지 않으면 안중에도 없나 보구나, 낸시. 설마 너 진심으로 그런 말을 하는 건 아니지? 백만장자들은 우리처럼 일하는 여자들에게 관심이 없어."

"관심을 가지는 게 그들에게도 좋을 거야."

낸시가 지혜롭게 말했다.

"우리 같은 사람들 중에는 돈을 소중히 다루는 법을 가르칠 수 있는 사람들이 있거든."

"부자가 내게 말을 걸어오면, 난 발작을 일으킬 것 같아."

루가 웃으며 말했다.

"그건 네가 부자를 모르기 때문이야. 부자와 그렇지 않은 사람을 구별하려면 좀 더 가까이서 살펴봐야 해. 네 빨간색 실크 안감은 코트에 비해 너무 밝은 것 같지 않니, 루?"

한편 루는 자기 친구의 수수하고 밋밋하게 보이는 재킷을 바라보며 말했다.

"글쎄, 아닌 것 같은데……. 하지만 네가 입고 있는 그 바래 보이는 옷 옆에 있으면 그렇게 보일 수 있겠구나."

"이 재킷은 언젠가 밴 얼스타인 피셔 부인이 입었던 옷과 똑같이 재단한 거야."

낸시가 흐뭇하게 말했다.

"재료값으로 3달러 98센트 들었는데, 그 부인의 옷은 100달러 이상일 거야."

"오, 그래."

루가 가볍게 받아 말했다.

"그런 것이 백만장자를 낚는 미끼는 안 될 것 같은걸. 어쩌면 내가 너보다 먼저 부자를 붙잡을는지 모르겠구나."

이 두 사람의 주장 중 어느 쪽이 타당할지는 철학자라야 판단할 수 있을 듯하다. 박봉을 받으며 백화점이나 사무실에서 근무하는 처녀들처럼 뚜렷한 자존심이나 기호를 갖고 있지 않았던 루는 시끄럽고 숨 막히는 세탁소에서 흥겹게 다리미질하며 일할 수 있었다. 그녀의 급료는 편안히 살아가고도 여유가 있었다. 덕분에 그녀는 점점 화려한 옷을 입을 수 있게 되었고, 마침내 댄의 단정하지만 멋없는 복장을 때로는 짜증스레 곁눈질하는 일도 있었다. 댄은 한결같고, 변하지 않았으며, 정도를 벗어나는 일이 없었다.

낸시는 매우 흔치 않은 경우다. 비단, 보석, 레이스 직물, 장신구, 상류사회의 교양과 매너의 산물인 향수와 음악, 이 모든 것이 여성을 위해 만들어진 것인 이상, 그녀 역시 일부를 차지해야 공평할 것이다. 그런 것이 그녀에게 인생의 일부라면, 그녀의 희망대로 그 곁에서 살게 해 주면 그만이다. 그녀는 에서(죽 한 그릇을 얻기 위해 장자의 특권을 아우 야곱에게 판 이삭의 맏아들_옮긴이)처럼 자기를 팔지는 않았다. 그녀가 얻는 죽은 흔히 시원찮았기 때문이다.

낸시는 그런 환경 속에서 살았다. 조촐한 음식을 먹으며, 흡족한 기분으로 자신의 드레스를 값싸게 만들 궁리를 했다. 자신이 천생 여자임을 잘 알고 있었으며, 남자라는 동물의 습성과 본모습을 연구하고 있었다. 언젠가 원하는 남자를 사냥하게 되겠지만, 그 대상은 본인이 생각하는 가장 크고 최상의 사냥감이어야 하며, 그 이하는 절대로 갖지 않겠다고 속으로 맹세하고 있었다.

따라서 그녀는 언제나 적합한 신랑이 나타날 때에 대비하여 준비를 게을리하지 않았다.

하지만 그녀는 자신도 모르는 사이에 또 하나의 교훈을 깨우치고 있었다. 그녀의 가치 기준이 움직이고 변화하기 시작했던 것이다.

때로는 마음의 눈에 찍혀 있던 달러 표시가 흐려지면서 '진실'이라든가, '명예'라든가, 아니면 '친절' 같은 단어가 자리를 대신하기도 했다. 예를 들어, 어느 커다란 숲에서 큰 사슴을 쫓는 사냥꾼을 떠올려보자. 초록빛 이끼로 덮인 작은 골짜기에 도착한 사냥꾼은 흐르는 냇물을 바라보면서 위안과 안식을 얻는다. 이런 때는 니므롯(창세기에 나오는 힘센 사냥꾼_옮긴이)의 창도 끝이 무디어지는 법이다. 그래서 때때로 사냥꾼 낸시는 페르시아 새끼 양의 모피 가죽의 시장 가치를 생각하는 대신 그 안에서 뛰고 있는 심장의 가치를 떠올렸다.

어느 목요일 저녁, 낸시는 백화점에서 나와 6번가를 가로질러 서쪽에 있는 그 세탁소로 향했다. 루와 댄을 만나 함께 뮤지컬 코미디를 보러 갈 생각이었다.

그녀가 도착했을 때 마침 댄이 세탁소에서 나오고 있었다. 그는 기이하고 굳은 표정을 하고 있었다.

"그녀에게서 무슨 소식이라도 왔을까 싶어서 들러 봤습니다."

그가 말했다.

"누구 소식이요?"

낸시가 물었다.

"루 안에 있나요?"

"알고 계시는 줄 알았는데……."

댄이 말했다.

"루가 월요일부터 이 세탁소에도, 살고 있던 집에도 없습니다. 짐을 몽땅 빼서 떠나 버렸어요. 세탁소에서 일하는 다른 직원 말로는 유럽으로 가게 될 거라고 했다는군요."

"어디서 개를 본 사람도 없나요?"

낸시가 물었다.

댄은 이를 악물고 잿빛 눈에 금속성의 차가운 눈빛으로 그녀를 바라보았다.

"세탁소 사람들 말로는 어제 그 사람이 지나가는 것을 보았답니다……. 자동차를 타고 가더라는군요."

그가 괴로운 목소리로 말했다.

"아마 당신과 루가 언제나 머릿속에 꿈꾸던 백만장자와 같이 간 것 같습니다."

낸시는 남자 앞에서 처음으로 움찔하였다. 그녀는 가냘프게 떨리는 손으로 댄의 소맷자락을 잡았다.

"나한테 그런 말을 할 권리는 없잖아요, 댄. 마치 내가 이 일에 관련이 있는 것처럼!"

"그런 의도는 없었습니다."

댄이 태도를 누그러뜨리며 말했다.

그러고는 조끼 주머니를 뒤졌다.

"오늘 밤 공연표가 있는데요."

그가 남자답게 쾌활함을 보이며 말했다.

낸시는 사람이 꿋꿋이 견디는 모습을 보면 늘 마음이 움직였다.

"같이 갈게요, 댄."

그녀가 말했다.

냰시가 루를 다시 보게 된 것은 그로부터 석 달이 지난 뒤였다.

어느 날 저녁, 낸시가 백화점에서 일을 끝내고 한적한 작은 공원 곁을 따라 총총 집으로 걸어가고 있었다. 누군가가 이름을 부르는 소리에 뒤돌아서는 순간, 루가 그녀의 팔 안으로 뛰어들었다.

서로 포옹하고 난 뒤, 두 사람은 당장 뒤엉켜 공격을 퍼부으려 하는 두 마리의 뱀처럼 혀를 현란하게 움직이며 서로 수많은 질문을 퍼부어 댔다. 이윽고 낸시는 루에게 행운이 찾아왔음을 알 수 있었다. 값비싼 모피, 번쩍거리는 보석, 재단사가 솜씨를 발휘한 최신 의상이 이를 말해 주고 있었다.

"이런 바보야!"

루가 애정 어린 큰 목소리로 말했다.

"너 여전히 백화점에서 일하는가 보구나. 변함없이 초라한 옷을 입고……. 네가 잡으려던 큰 사냥감은 어떻게 됐니, 보아 하니 아직 아무것도 못 잡았구나?"

그런데 친구를 바라보고 있던 루는 부와 재산보다 더 소중한 그 무엇이 낸시에게 자리 잡고 있음을 깨달았다. 그녀의 눈 속에서 보석보다 더 빛나고, 볼에서 장미보다 더 붉게 빛나며, 혀끝에서 전기처럼 솟아 나와 약동하려는 그 무엇인가가 있었다.

"그래, 아직도 백화점에 있어."

낸시가 말했다.

"하지만 다음 주에 그만둘 예정이야. 이 세상에서 가장 큰 사냥감을 드디어 쏘아 맞췄거든. 이젠 너도 상관없을 테지? 나 댄과 결혼하기로 했어! 그는 이제 내 사람이 되었단다. 축하해 줘, 루!"

단정하게 머리를 깎고 말쑥한 얼굴을 한 젊은 경찰관(이런 친구들 덕분에 경찰이 적어도 겉보기에는 볼품 있어 보인다.) 한 명이 공원 귀퉁이를 돌아 천천히 걸어 내려오고 있었다. 그의 눈에 어떤 여인이 값비싼 모피 코트를 입고 다이아몬드 반지를 낀 채 철책 앞에 웅크리고 앉아 심하게 흐느끼고 있는 모습이 보였다. 그리고 그 곁에는 마른 체형에 수수한 옷을 입은 한 직장 여성이 그녀를 위로하고 있었다.

하지만 새로운 시대의 새로운 경찰관이었던 그는 짐짓 못 본 채 그들을 지나쳤다. 왜냐하면 경찰봉으로 길바닥을 두들겨 그 소리가 멀리 별에까지 이르게 할지라도 자신이 집행하는 공권력으로는 그들을 도울 수 없다는 사실을 지혜롭게 잘 알고 있었기 때문이다.

마녀의 빵

미스 마사 미첨은 길모퉁이에서 (계단을 세 개 올라가 가게 문을 열면 문에 매달린 종이 딸랑 소리를 내는) 작은 빵집을 운영했다.

미스 마사는 마흔 살이었고 2,000달러의 예금 잔고를 갖고 있었으며, 의치 두 개와 인정 많은 마음씨를 갖고 있었다. 마사보다 조건이 못한 사람들도 결혼을 많이 하지만 마사는 그렇지 못했다.

그녀는 일주일에 두세 번 찾아오는 어느 손님에게 관심을 두기 시작했다. 그는 안경을 쓰고 갈색 수염을 조심스레 다듬어서 뾰족하게 기른 중년 남자였다.

그는 독일 억양이 강하게 섞인 영어로 말했다. 그의 옷은 낡고 기운 자국도 있었으며 그렇지 않은 곳은 구겨지고 헐렁했다. 하지만 외모는 말끔했고 매너도 아주 좋았다.

그는 항상 오래되어 딱딱하게 굳은 빵 두 덩어리를 사 갔다. 신선한 빵은 한 덩어리에 5센트였고, 오래되어 굳은 빵은 5센트에 두 덩어리였다. 그는 굳은 빵 이외에는 어느 것도 사 가는 법이 없었다.

언젠가 미스 마사는 그의 손가락에 빨강과 고동색 얼룩이 묻어 있는 걸 보았다. 그때 그녀는 이 남자가 화가이며 매우 가난하다고 확신했다. 그는 어느 다락방에 살면서 그림을 그리고, 딱딱한 빵으로 배를 채우며 미스 마사 가게의 맛있는 빵들을 머릿속으로 떠올릴 것이 분명해 보였다.

마사는 잘게 다진 고기, 담백한 롤빵, 잼과 차를 차려 놓은 식탁에 앉을 때마다 종종 한숨을 내쉬곤 했다. 그 점잖은 화가가 찬바람 부는 다락방에서 마른 빵을 먹는 대신, 자신과 함께 맛있는 식사를 할 수 있다면 얼마나 좋을까 하는 생각이 들었기 때문이다. 앞서 이야기했듯이, 미스 마사는 인정 많은 따뜻한 마음씨를 갖고 있었다.

그의 직업에 대한 자신의 짐작이 맞는지 확인해 보기 위해서, 어느 날 마사는 세일 때 샀던 그림 한 점을 방에서 가져와서 빵 가게 계산대 뒤쪽 선반에 세워 놓았다.

베네치아 풍경을 그린 그림이었다. 인상적인 대리석 궁전이 대지 위에 (아니, 땅이 아닌 물 위에) 우뚝 서 있었다. 그리고 나머지 배경에는 (손으로 물장난을 치는 아가씨들이 타고 있는) 곤돌라, 구름, 하늘이 가득 담겨 있었으며 명암이 많이 들어가 있었다. 화가라면 이 그림을 그냥 지나칠 수가 없었다.

이틀 후 그 손님이 찾아왔다.

"죄송하지만 묵은 빵 두 덩어리 주세요."

"좋은 그림을 갖고 계십니다, 부인."

마사가 빵을 싸는 동안 그가 말했다.

"그래요?"

미스 마사는 자신의 계략이 맞아 들어간 것에 기뻐하며 말했다.

"저는 예술(벌써 '예술가'를 좋아한다고 말할 수는 없지.)을 무척 좋아한답니다. 특히 그림을요."

그녀가 질문으로 말을 바꾸었다.

"보시기에 이 그림이 괜찮은가요?"

"저 궁전은 그리 잘 그리진 못했습니다."

손님이 말했다.

"원근법이 잘못됐네요. 안녕히 계십시오, 부인."

그는 빵을 집어 들고 인사를 하더니 바쁘게 나가 버렸다.

그래, 저 사람은 화가가 틀림없어. 미스 마사는 그림을 다시 자기 방으로 갖다 놓았다.

안경 너머 그의 눈은 얼마나 부드럽고 다정하게 빛나던지! 그 훤한 이마는 또 어떻고! 한번 슬쩍 보고 원근법을 판단할 수 있는 놀라운 능력을 가졌는데, 묵은 빵만 먹고 살아야 하다니! 물론 천재들은 인정받기 전까지 종종 그런 시련을 겪는 법이다.

만약 이 천재가 2,000달러의 은행 잔고와 빵집, 그리고 따뜻한 마음씨의 후원을 받는다면, 예술과 원근법에 얼마나 대단한 도움이 될 것인가. 하지만 그건 한낱 백일몽일 뿐이지, 마사.

이제 그는 가게에 올 때마다 종종 진열대를 사이에 두고 잠시 대화를 나누다 가곤 했다. 그는 생기 있는 마사의 말을 반기고 있는 듯했다.

그는 여전히 묵은 빵만 사 갔다. 케이크 한쪽이나 파이 한 개, 혹은 그녀가 만든 달콤한 샐리런(구워서 바로 먹는 과자_옮긴이) 하나 사 가는 법이 없었다.

마사는 그가 점점 여위고 힘을 잃고 있다 생각했다. 그가 사 가지고 가는 빈약한 빵에 뭔가 맛있는 걸 더 보태 주고 싶은 생각이 간절했다. 하지만 좀처럼 용기가 나지 않아 실행에 옮기지는 못했다. 마사는 예술가들의 자존심에 대해 잘 알고 있었기에 감히 그의 자존심을 건드릴 수 없었다.

마사는 파란 물방울무늬가 들어간 실크 블라우스를 골라 입었다. 그리고 뒷방에서 마르멜로 씨앗과 붕산을 섞어 신비한 혼합물을 만들었다. 여태껏 많은 사람들이 안색을 좋게 하려고 이것을 사용해 왔다.

어느 날, 그 손님이 평소와 마찬가지로 가게로 들어왔다. 그러고는 진열대 위에 동전 하나를 올려놓고 묵은 빵을 주문했다. 마사가 굳은 빵에 손을 뻗을 무렵, 요란한 경적과 비상종 소리가 울리면서 육중한 소방차가 지나갔다.

그 손님은 누구나 그러하듯 얼른 문가로 가서 밖을 내다보았다. 순간 마사는 좋은 생각이 떠올라 그 기회를 놓치지 않았다.

계산대 뒤의 선반 제일 밑에는 우유 장수가 10분 전에 두고 간 신선한 버터 1파운드가 있었다. 빵 자르는 칼로 마사는 묵은 빵 두 개에 깊은 칼집을 냈다. 그러고는 버터를 듬뿍 채워 넣은 다음, 다시 빵을 꼭꼭 눌러 붙여 놓았다.

손님이 다시 진열대로 돌아왔을 때, 마사는 빵을 종이에 싸고 있었다.

평소처럼 유쾌하게 대화를 얼마간 나눈 후에 그가 돌아가자, 마사는 혼자 빙그레 미소 지었다. 물론 약간 설레기도 했다.

너무 대담한 짓을 한 것은 아닐까? 그가 화를 내진 않을까? 아니, 그럴 리는 없다. 먹을 것 같고 뭐라고 하겠는가. 버터 좀 넣었다고 처녀답지 못한 너무 스스럼없는 행동이라 하지는 않겠지.

그날 내내 마사는 온통 이 생각뿐이었다. 그가 자신의 작은 속임수를 알아차리는 장면도 상상해 보았다.

그는 붓과 팔레트를 내려놓을 것이다. 방 안에 세워 놓은 그의 이젤에는 나무랄 데 없는 원근법으로 그려진 그림이 놓여 있을 것이다.

이윽고 그는 마른 빵과 물로 점심 준비를 할 것이다. 그가 빵 한 덩어리를 써는 순간……. 아!

마사는 얼굴이 붉어졌다. 과연 그는 빵을 먹으며 거기에 버터를 바른 사람의 손길을 느낄까? 그이는…….

그때 가게 문에 매달린 종이 사납게 울렸다. 누군가 요란한 소리를 내며 가게 안으로 들어오고 있었다.

마사는 황급히 달려 나갔다. 두 남자가 서 있었다. 한 사람은 파이프 담배를 피우는 젊은 남자였는데, 여태껏 본 적 없는 얼굴이었다. 다른 한 사람은 바로 그 예술가였다.

그는 시뻘게진 얼굴에 모자를 뒤로 젖혀 쓰고 있었으며, 머리는 잔뜩 헝클어져 있었다. 그는 꽉 움켜진 두 주먹을 마사를 향해 마구 흔들어 댔다. 미스 마사를 향해서 말이다.

"멍청이 같으니라고!"

그는 큰 소리로 외치고 나서, 계속해서 독일어로 뭐라 뭐라 악을 썼다.

젊은 남자가 그를 끌어내려고 애를 썼다.

"그냥 안 가겠어."

그가 잔뜩 성난 목소리로 외쳤다.

"저 여자에게 따끔하게 말해야겠어."

그는 마사의 가게 카운터를 쾅 내려쳤다.

"당신이 다 망쳐 놨어."

소리치는 그의 안경 너머에서 파란 눈이 이글이글 불타오르고 있었다.

"알겠냐고, 이 쓸데없이 참견하는 늙은 고양이야!"

마사는 비틀거리며 선반에 몸을 기대어 한 손을 파란 물방울무늬 블라우스 위에 올려놓았다. 동행한 젊은 남자가 그의 목덜미를 잡았다.

"자자, 이제 그만두자."

젊은 남자가 말했다. 그러고는 씩씩거리는 남자를 문밖으로 끌고 나가더니 잠시 후 다시 돌아왔다.

"이 말은 해 주고 가야 할 것 같군요, 부인."

그가 말했다.

"어쩌다 이런 소동이 일어났는지 말입니다. 저 사람은 블럼버거라고 합니다. 건축설계사죠. 저는 저 사람과 같은 사무실에서 일하고 있습니다."

"그는 지난 석 달 동안 시청건물 신축 설계도를 열심히 그려 왔습니다. 상금이 걸린 현상 공모에 응모할 작정으로요. 그리고 바로 어제 간신히 선을 잉크로 그리는 단계까지 완성했습니다. 아시다시피, 설계사들은 항상 처음에 연필로 선을 그립니다. 일단 그 작업이 다 끝나면 딱딱하게 굳은 빵 부스러기로 연필 선을 문질러 지우지요. 그게 인도산 고무보다도 더 좋거든요."

"블럼버거는 항상 여기서 빵을 샀습니다. 음……. 그리고 아시다시피 부인, 버터 같은 건 들어 있지 않았죠. 이제 블럼버거의 설계도는 잘게 썰어서 기차 칸에서 파는 샌드위치 속 재료로밖에 쓸 수 없게 되었답니다."

미스 마사는 조용히 뒷방으로 들어갔다. 그리고 파란 물방울무늬가 있는 블라우스를 벗고 예전에 입던 허름한 갈색 작업복으로 갈아입었다. 그러고는 창밖에 있는 쓰레기통에 마르멜로 씨앗과 붕산의 혼합물을 쏟아 버렸다.

재물의 신과 사랑의 신

록웰 유레카 비누 회사의 전 공장주이자 은퇴한 경영자 앤소니 록웰 영감이 5가에 있는 자기 집 서재에서 창밖을 내다보며 찌푸린 웃음을 짓고 있었다. 옆집에 사는 귀족 클럽 회원 G. 반 스카일라이트 서포크 존스가 대기시켜 놓은 자동차를 향해 가는 길에, 이 비누 궁전의 정면 현관에 높다랗게 서 있는 이탈리아 르네상스식 조각을 보면서 여느 때와 마찬가지로 경멸하듯 콧날을 찌푸렸기 때문이다.

"아무짝에도 쓸모없는 저 거만한 늙은이가!"

왕년의 비누 왕이 중얼거렸다.

"여차하면 박물관에나 전시해 놓을 산송장 같은 늙은이 같으니라고. 올여름에 이 집을 빨갛고, 하얗고, 파랗게(네덜란드 국기 색깔_옮긴이) 칠해 가지고 저 네덜란드 영감쟁이가 계속 콧대를 높이는지 봐야겠군."

좀처럼 호출용 벨을 사용하지 않는 록웰 영감이 서재 문 앞으로 가서는 옛날에 캔자스 벌판을 호령하던 목소리로 소리쳤다.

"마이크!"

그러고는 대령한 하인에게 말했다.

"아들 녀석에게 나가기 전에 나한테 들리라고 말해 주게."

아들이 서재에 들어오자, 영감은 신문을 내려놓으면서 큼직하고 불그레한 얼굴에 애정이 깃든 표정으로 그를 바라보면서, 한 손으로 흰머리를 훑고 다른 한 손으로는 호주머니 속의 열쇠를 짤그랑거렸다.

"리처드, 네가 쓰는 비누는 얼마짜리냐?"

앤소니 록웰이 물었다.

대학을 졸업하고 집에 돌아온 지 여섯 달밖에 되지 않는 리처드는 어리둥절했다. 그는 아버지가 무슨 생각으로 그렇게 묻는지 짐작할 수 없었다. 마치 파티에 처음 와 본 소녀처럼 낯설기만 했다.

"한 다스에 6달러일 거예요."

"그럼 네 옷들은?"

"대체로 60달러쯤 됩니다."

"너는 신사란다."

앤소니가 단호하게 말했다.

"듣건대, 요즘 젊은이들은 한 다스에 24달러짜리 비누를 쓰고, 옷 한 벌에 으레 100달러가 넘는 걸 입는다더구나. 너는 남 못지않게 넉넉한데도 점잖고 검소하구나. 나는 지금도 구식 유레카 비누를 쓰고 있는데, 그건 단지 우리 회사에서 만들어서가 아니라 가장 순수한 비누이기 때문이야. 비누 하나에 10센트 이상 쓴다는 것은 시시한 향료와 상표를 사는 것에 지나지 않아. 하지만 너희 세대의 젊은 이들에게는 50센트짜리가 좋을 게다. 아까 말했듯이 너는 신사다. 흔히 신사 하나를 기르려면 3대는 걸린다는 말이 있지만, 그건 괜한 말이야. 비누 유지가 때를 벗겨 내듯이 돈이 말쑥한 신사를 만든단다. 돈이 너를 신사로 만들어 줄 게다. 그래! 돈이 나 역시 신사로 만들었다고 할 수 있지. 우리 집 양쪽에 사는 늙은 네덜란드 신사들은 나 같은 사람이 틈을 비집고 들어와 산다고 잠도 제대로 잘 수 없다고 투덜대지만, 그들이나 나나 무례하고 거칠고 매너 없기는 마찬가지 아니더냐."

"그렇지만 돈으로 못하는 것도 있어요."

아들은 약간 침울한 목소리로 말했다.

"그런 소리 마라."

앤소니 영감이 볼멘소리로 말했다.

"나는 언제나 돈에다 돈을 건다. 난 돈으로 살 수 없는 물건이 있는지 백과사전까지 찾아보았다. 다음 주에는 백과사전 부록까지 뒤져 봐야겠다. 난 어떤 일이 있어도 돈의 편을 들련다. 돈으로 살 수 없는 게 있다면 어디 말해 봐라."

"하나 예를 들자면……."

젊은 록웰이 약간 겸연쩍어하면서 대답했다.

"배타적 그룹인 일류 사교계에는 돈 주고 들어갈 수 없어요."

"오호! 과연 그럴까?"

악의 근원을 찬미하는 자가 벼락같은 소리로 말했다.

"만일 초대 에스터(대재벌 모피상_옮긴이)가 이 나라로 건너올 뱃삯이 없었다면 너희가 말하는 그 일류 사교계라는 것이 어떻게 생겨났겠느냐?"

젊은 록웰이 잠자코 한숨을 내쉬었다.

"내가 말하려던 것이 바로 그거다."

영감이 말을 이었다.

"너를 부른 것도 그 때문이야. 너 요즘 어딘가 이상한 것 같더구나, 얘야. 난 2주일 전부터 눈치채고 있었다. 털어놓고 말해 보렴. 난 24시간 이내에 부동산은 그대로 두고 1,100만 달러를 현금화할 수 있는 사람이다. 만일 사랑하는 사람이 있으면, 램블러호가 항만에서 석탄을 싣고 이틀이면 바하마 제도로 떠날 준비가 되어 있다는 걸 기억해라."

"아버지 추측이 과히 동떨어진 건 아닙니다."

"오호라."

앤소니가 다잡아서 말을 이었다.

"그 처자의 이름이 뭐냐?"

리처드는 서재를 왔다 갔다 걷기 시작했다. 이 세련되지 않은 늙은 아버지에게는 아들의 믿음을 얻기에 족한 친근함과 인정이 깃들어 있었다.

"그런데 왜 그 여자에게 청혼을 하지 않니?"

영감이 물었다.

"그 여자는 기꺼이 네 품에 뛰어들 텐데 말이야. 넌 돈도 있고, 외모도 좋고, 점잖지 않으냐. 그리고 넌 어느 모로나 깨끗해. 유레카 비누 냄새가 아직 풍기지 않는단 말이야. 넌 대학도 나왔지 않니. 그 여잔 그런 걸 보지 못하는가 보구나."

"아직 청혼할 기회가 없었어요."

리처드가 말했다.

"기회를 만들렴."

앤소니가 말했다.

"공원을 함께 산책한다거나, 차를 타고 시골로 간다거나, 교회에서 돌아오는 길에 데려다 준다거나 하면 되잖아. 기회가 없긴 왜 없어!"

"아버지는 사교계의 물레방아라는 것을 모르고 계세요. 그 여자는 물레방아를 돌리는 물이나 마찬가지예요. 그 여자의 시간은 며칠 전부터 빈틈없이 약속되어 있어요. 아버지, 전 꼭 그 여잘 갖고 싶어요. 그렇지 못하면 이 도시는 저에게 영원한 암흑의 시궁창이 되어 버릴 거예요. 그렇다고 편지를 보낼 수도 없어요……. 차마 그건 못 하겠어요."

"이런 딱한 놈 같으니!"

영감이 말했다.

"내가 갖고 있는 돈은 다 네 것인데, 여자애에게서 한두 시간 얻어 내지 못한단 말이냐?"

"제가 너무 뒤로 미루기만 했어요. 그녀는 2년 동안 머물 예정으로 내일 모레 배편으로 유럽으로 떠나요. 단둘이 만날 수 있는 시간은 내일 밤 불과 몇 분뿐입니다. 그녀는 지금 리치먼드에 있는 숙모댁에 가 있어요. 그렇다고 제가 그리로 찾아갈 수는 없죠. 하지만 내일 밤 8시 반 기차로 그녀가 이곳에 도착할 때, 제가 마차를 가지고 기차역에 마중 나가겠다고 했어요. 우리는 브로드웨이를 마차로 달려서 월렉 극장으로 갑니다만, 그곳에는 그녀의 어머니와 일행이 극장 로비에서 우리를 기다리게 되어 있어요. 그런 사정 속에서 단 6~8분밖에 없는데 그 여자가 저의 사랑 고백에 귀를 기울여 줄까요? 아닙니다. 또 극장 안에서나 극장을 나온 후에도 기회가 있을까요? 아뇨, 없어요, 아버지. 이렇게 엉킨 것은 아버지의 돈으로도 풀 수 없어요. 인간은 돈으로 1분의 시간도 살 수 없어요. 만일 살 수 있다면 부자는 모두 오래도록 살 수 있을 겁니다. 그녀가 배편으로 떠나기 전에 제가 그녀에게 청혼할 희망이 없어요."

"알았다, 아들아."

영감이 유쾌하게 말했다.

"지금부터 클럽에 가 있으려무나. 사랑 고민을 좀 잊게 해 줄 게다. 하지만 때로는 신전에서 거룩한 재물의 신에게 분향하는 걸 잊어선 안 된다. 넌 돈으로 시간을 살 수 없다고 했지? 물론 돈으로 시간을 사서 우리 집까지 배달해 달라고 주문할 수는 없다. 그렇지만 나는 시간을 지배하는 신도 발꿈치에 큰 상처를 입으면서 금을 찾아

광산을 헤매는 걸 보아 왔단다."

그날 밤 감상적이며, 주름살이 많고, 한숨이 잦으며, 재산에 눌려 지겨워하는 엘렌 고모가 오빠 앤소니를 찾아왔다. 그녀는 석간신문을 읽고 있던 앤소니 영감에게 사랑하는 사람의 고민을 주제로 일장 연설을 시작했다.

"그 애가 나한테 다 털어놨어요."

앤소니 영감이 하품을 하며 대답했다.

"그래서 내 은행 예금이 너의 것이나 다름없다고 했지. 그랬더니 그 녀석 돈을 마구 헐뜯기 시작하는 거야. 돈 같은 건 쓸데없다는 둥, 사교계의 규율은 억만장자 열 사람이 팀을 이뤄 공격해도 1야드도 전진할 수 없다는 둥 지껄여 대는 거야."

"아, 앤소니……. 돈을 과대평가하지 말아요."

엘렌 고모가 한숨을 내쉬었다.

"참된 사랑 앞에서 재물이란 아무 소용없어요. 사랑은 전능하답니다. 그 애가 좀 더 빨리 얘기했으면 좋았을걸! 그 처녀도 우리 리처드를 거절하지 않았을 텐데……. 하지만 이제 너무 늦었어요. 이제 그 처녀에게 이야기할 기회가 없을 테니까요. 오빠의 황금으로도 아들의 행복은 사지 못할 거예요."

이튿날 저녁 8시에 엘렌 고모는 녹슨 상자 속에서 골동품 같은 금반지 하나를 꺼내어 리처드에게 주며 말했다.

"애야. 너 오늘 밤에 이 반지를 끼고 가거라. 네 어머니께서 나한테 준 거란다. 네 어머니 말에 의하면 이 반지가 사랑의 행운을 가져

온다는 거야. 그래서 네가 사랑하는 사람을 만났을 때 너에게 전해 주라고 나한테 맡겼단다."

젊은 록웰은 엄숙한 얼굴로 그 반지를 받아 자기 새끼손가락에 끼어 보았다. 반지는 손가락의 두 번째 마디까지 미끄러져 들어가서 멈추었다. 그는 반지를 다시 빼 가지고, 남자들이 흔히 하는 식으로 조끼 주머니 속에 넣었다. 그러고 나서 전화로 마차를 불렀다.

8시 32분, 그는 정거장의 웅성거리는 군중들 틈에서 랜트리 양을 찾아냈다.

"어머니와 일행 분들을 기다리시게 할 순 없어요."

그녀가 말했다.

"월렉 극장까지 되도록 빨리 가 주게!"

리처드는 위엄 있게 마부에게 일렀다.

마차는 42번가에서 브로드웨이로, 그리고 다시 불빛이 휘황한 거리를 서에서 동으로 달렸다.

34번가에 이르렀을 때, 리처드가 다급하게 마차의 창문을 밀어 올리더니 마부에게 마차를 세우라고 말했다.

"반지를 떨어뜨렸어요."

그가 마차에서 내리며 양해를 구했다.

"그 반지는 어머니가 주신 거라 잃어버리는 안 돼요. 그리 오래 걸리지는 않을 겁니다. 떨어뜨린 장소를 알고 있으니까요."

그는 1분도 안 되어 반지를 갖고 마차로 되돌아왔다. 그런데 그 1분 사이에 전차 한 대가 바로 마차 앞에 멈춰 섰다. 마부가 왼쪽으로 빠져나가려고 하였으나 커다란 우편 화물 마차가 가로막았다. 다시 오른쪽으로 빠지려고 하자, 이번에는 가구를 실은 화물 마차가 까닭 없이 앞질러 나왔으므로 뒤로 물러서야 했다. 마부가 뒤로 물러서려고 하다가 이번에는 말고삐를 떨어뜨리는 바람에 욕지거리를 하며 투덜거렸다. 결국 많은 마차와 말들이 서로 엉켜든 속에 갇히고 말았다.

가끔 그러하듯 대도시에서 갑자기 교통과 모든 통행이 차단되는 난처한 상황이 벌어진 것이다.

"왜 마차가 움직이지 않죠?"

렌트리 양이 초조한 목소리로 외쳤다.

"이러다 늦겠어요."

리처드가 마차에서 일어나 주위를 살펴보았다. 브로드웨이와 6번가와 34번가가 교차하는 광장이 마치 허리가 26인치 되는 처녀가 22인치 허리띠를 맨 듯이, 배달 차와 트럭과 전세 마차와 짐마차와 전차로 뒤엉켜 있었다. 그리고 여전히 사방 모든 도로에서 차들이 뒤엉킨 교차로를 향해 전속력으로 달려와 혼잡을 더하는 바람에 수레바퀴는 꼼짝 못하게 되고 마부들의 아우성은 한층 더 혼란을 빚어냈다. 맨해튼의 모든 교통기관이 여기에서 뒤엉켜 버린 듯했다. 보도에 늘어선 수많은 구경꾼 가운데 제일 나이 많은 뉴욕 시민도 이토록 교통이 막힌 경우는 처음 본다고 했다.

"정말 미안합니다."

자리에 주저앉으며 리처드가 말했다.

"갇힌 신세가 되어 버렸군요. 이 혼잡이 한 시간 내에 풀릴 것 같지 않네요. 저의 불찰입니다. 제가 그 반지를 떨어뜨리지 않았던들 우리는……."

"그 반지 좀 보여 주세요."

렌트리 양이 말했다.

"이제 어쩔 수 없는 걸요, 괜찮아요. 어차피 전 연극이 시시하다고 생각해요."

그날 밤 11시에 누군가 록웰의 현관문을 경쾌하게 노크했다.

"들어오시오."

붉은 가운을 걸치고 해적 모험소설을 읽고 있던 앤소니 영감이 큰 소리로 말했다.

문을 노크한 사람은 엘렌 고모였다. 그녀는 마치 어떤 실수로 이 세상에 남게 된 백발의 천사처럼 보였다.

"두 사람이 약혼했어요, 앤소니."

그녀가 부드러운 목소리로 말했다.

"그 처녀가 우리 리처드와 결혼하겠다고 약속했답니다. 두 사람이 극장에 가는 도중에 길이 엉망으로 막혀서, 마차가 빠져나오는데 두 시간이나 걸렸대요."

"그리고 말이에요, 앤소니 오라버니. 다시는 돈의 위력을 자랑 마세요. 참된 사랑의 자그마한 상징이, 돈과 아무 상관도 없는, 영원한 애정을 상징하는 조그만 반지 하나가 우리 리처드의 행복의 실마리가 됐답니다. 리처드가 반지를 길에 떨어뜨려서 그걸 찾으려고 마차에서 내린 사이에 교통이 엉망이 되어 버렸대요. 그래서 마차가 혼잡 속에 묶여 있는 동안에 리처드는 사랑을 고백하여 그녀의 승낙을 얻게 됐어요. 진정한 사랑에 비하면 돈은 아무것도 아니에요, 앤소니."

"잘됐군."

앤소니 영감이 말했다.

"그 녀석 소원이 이루어졌으니 기쁘군. 내가 그 녀석에게 말했지. 이 일에 대해선 결코 돈을 아끼지 않겠다고 말이야, 만일……."

"그렇지만 오라버니, 오라버니의 돈이 무슨 힘이 되었어요?

"동생아."

앤소니 록웰이 말을 이었다.

"내가 지금 읽고 있는 책에서 해적이 큰 곤경에 빠졌어. 그의 배는 곧 침몰하게 됐지만 그는 돈의 가치를 너무 잘 알고 있으니까 호락호락 빠져 죽지는 않을 거야. 제발 부탁이니 내가 그 대목을 끝까지 읽게 해 줘."

이 이야기는 여기서 끝맺어야 할 것이다. 이 글을 다 읽고 나면 독자들도 같은 생각이 들 것이다. 하지만 때로는 진실을 파헤치기 위해 우물의 밑바닥까지라도 뒤져야 한다.

이튿날 우툴두툴한 손에 파란 물방울무늬 넥타이를 맨 켈리라는 사나이가 앤소니 영감 집을 찾아왔다. 그는 곧 서재로 안내되었다.

"그래, 좋았어."

앤소니가 수표책에 손을 뻗으며 말했다.

"아주 잘했네. 가만 있자……. 자네에게 현금으로 5,000달러를 줬으니까……."

"제 돈 300달러를 더 썼습니다요."

켈리가 말했다.

"예산이 조금 초과되더군요."

"우편 마차와 전세 마차는 대부분 5달러 들었지만, 트럭과 말 두 필이 끄는 큰 마차는 각각 10달러나 들었어요. 전차 운전사는 10달러를 요구하고, 화물을 실은 대형 마차 가운데는 20달러 달라는 작자들도 있었습니다. 경관이 제일 비싸게 부르더군요. 두 사람에겐 50달러씩 주고 나머지는 20달러와 25달러씩 줬습니다. 하지만 일은 끝내 주게 하지 않았습니까, 록웰 영감님? 윌리엄 A. 브레디(당시 유명했던 공연 배우_옮긴이)가 그 야외 공연에 나와 보지 않았던 게 다행이었다니까요. 어찌나 연기들을 잘하는지, 윌리엄이 나와 봤더라면 샘이 나서 심장마비라도 일으켰을 거예요. 게다가 연습 한 번 안 해 본 공연이었죠! 모두들 1초도 어김없이 시간을 맞춰 줬습니다. 두 시간 동안 그릴리의 동상 밑으로 뱀 한 마리 기어 나오지 못했습니다."

"켈리, 여기 있네. 1,300달러."

앤소니가 수표를 건네며 말했다.

"자네 몫으로 1,000달러 하고, 자네 돈으로 쓴 300달러야. 자넨 설마 돈을 업신여기지는 않겠지, 켈리?"

"제가요?"

켈리가 말했다.

"전 가난을 만들어 낸 자를 두들겨 패 주고 싶은걸요."

켈리가 문 앞까지 갔을 때 영감이 다시 불러 세웠다.

"자넨 그 한창 혼잡을 이룰 때 벌거벗은 통통한 어린아이(큐피드를 의미함_옮긴이)가 어느 한 구석에서 활을 쏘고 다니는 걸 본 일이 있나?

"못 봤는데요."

켈리가 어리둥절한 표정으로 대답했다.

"만약 말씀하시는 벌거숭이가 있었다면, 제가 도착하기도 전에 벌써 경관이 끌고 갔을 겁니다."

"나 역시 그런 꼬마 악당이 현장에 있었다고는 생각지 않네."

앤소니가 껄껄 웃었다.

"잘 가게, 켈리."

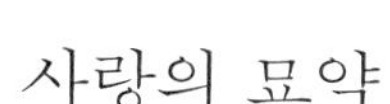

사랑의 묘약

블루 라이트 약국은 시내에 있는 보워리가와 1번가의 중간쯤에 있다. 그곳은 두 길 사이의 거리가 가장 가까워진 지점이다. 블루 라이트 약국은 무릇 약국이란 자질구레한 장식품이나 향수나 아이스크림 따위를 파는 곳이 아니라 생각한다. 그러므로 이 가게에 진통제를 사러 갔다가 봉봉 캔디를 손에 쥐게 될 염려는 없을 것이다.

이 약국은 수고를 아끼는 현대 약학의 제조 방식을 경멸한다. 여기서는 아직도 직접 아편을 불리고 진통제나 아편 액을 여과시켜 만든다. 오늘도 여전히 그곳 높다란 조제대 뒤에서는 환약이 제조되고 있다. 환약 덩어리를 반죽 판에 올려놓고 주걱으로 자른 뒤, 집게손가락과 엄지손가락으로 동글동글하게 말아 산화마그네슘을 바른 다음, 얇고 동그란 마분지의 환약 상자에 담는다. 남루한 옷을 입고 인근 길모퉁이에서 활기차게 놀고 있는 아이들도 언젠가 이 약국에서 파는 기침약이나 감기 시럽을 애용하는 고객이 될 것이다.

아이키 션스타인은 블루 라이트 약국의 야근 약제사이자, 손님에게는 좋은 친구였다. 비록 약국은 이스트사이드에 있었지만, 이 약사의 마음은 결코 차갑지 않았다. 이런 곳에서 약제사는 으레 카운슬러이자, 고해를 들어 주는 사제이며, 또한 조언자이자, 기꺼이 남을 도와줄 의지와 능력이 있는 선교사이고, 멘토였다. 사람들은 그의 학식을 존경했고, 신비로운 지식을 숭배했으며, 그가 조제하는 약을 흔히 내용도 살피지 않은 채 목구멍으로 넘겼다. 따라서 안경을 올려놓은 쇠뿔처럼 뾰족 한 코와 지식의 무게로 휜 듯한 여윈 몸집의 아이키를 블루 라이트 약국 근처에서는 누구 하나 모르는 사람이 없었으며, 그의 조언이나 충고를 기꺼이 듣고자 했다.

아이키는 가게에서 두 블록쯤 떨어진 리들 부인 집에 세 들어 살며 아침 식사를 제공받고 있었다. 리들 부인에게는 로지라는 딸이 있었다. 아마 독자들도 짐작할 테니 굳이 에둘러 얘기할 필요는 없을 듯하다. 아이키는 로지를 사랑하고 있었다. 그의 모든 생각은 로지에 의해 물들어 있었다. 로지야말로 화학적으로 순수하고 별도의 처방전이 필요 없는 복합 치료제였다. 어떤 약품 제조법도 그녀에 견줄 수는 없었다.

하지만 아이키는 용기가 없었던지라, 그의 희망은 수줍음과 불안이라는 용매 속에서 언제까지나 녹지 않고 남아 있었다. 카운터 앞에 서면 의젓하고 당당한 존재로서 전문적인 지식과 가치를 은근히 드러냈지만, 약국만 벗어나면 소코트린 알로에와 암모니아 진정제 냄새가 밴 흉한 가운을 걸치고 어수룩하게 길을 걷다 운전사에게 욕을 얻어먹는 나약하고, 우둔한 남자였다.

한편 청크 맥고원이란 남성은 아이키의 연고 속 파리(이 얼마나 근사한 비유인가!)였다.

맥고원도 로시가 던지는 밝은 미소를 붙잡으려 노력하고 있었다. 하지만 그는 아이키처럼 외야수로 머물러 있지 않고, 타석에 들어가 배트를 잡았다. 동시에 그는 아이키의 친구이자 단골손님이기도 했다. 보워리가에서 즐거운 저녁 시간을 보낸 뒤에는, 블루 라이트 약국에 자주 들러서 타박상에 요오드를 발라 달래거나 상처에 반창고를 붙여 달래곤 했다.

어느 날 오후, 말쑥하고 잘생긴 얼굴의 맥고원이 굳은 표정으로 평소처럼 조용히 약국으로 들어와서 카운터 맞은편 의자에 편하게 앉았다.

"아이키, 내 말 좀 들어 주겠나."

맞은편에 앉아서 조제용 약사발에 벤조인 수지를 빻아 가루로 만들고 있던 친구에게 말했다.

"내게 필요한 약이 있는데, 혹시 자네가 만들어 줄 수 있을까?"

아이키는 맥고원의 얼굴에 여느 때처럼 싸운 흔적이 있나 살펴보았지만 그런 자국은 없었다.

"윗도리를 벗어 보게."

아이키가 말했다.

"대강 짐작이 가는군. 칼로 늑골이라도 찔렸나 보지? 그 이탈리아 놈들 계속 상대하다간, 언젠가 사고 날 거라고 몇 번이나 충고하지 않았나."

맥고원이 빙그레 웃으며 말했다.

"그게 아냐. 그놈들이 아니라구. 하지만 자네 진단이 맞기는 했어. 정말로 윗도리 밑 늑골 가까이에 상처가 생겼으니까. 있잖아, 아이키! 로지와 나는 오늘 밤에 같이 도망가서 결혼할 생각이야."

아이키는 자신도 모르게 약사발 가장자리를 누르고 있던 왼쪽 집게손가락에 힘이 들어가서 그릇 속을 쑤셔 대고 있었다. 이윽고 맥고원의 얼굴에서 미소가 사라지고, 난처하고 우울한 표정으로 바뀌었다.

"하지만 그것도 로지가 그때 가서 갑자기 마음을 바꾸지 않았을 때 가능한 일이지."

맥고원이 말을 이었다.

"우리는 2주 전부터 도망칠 계획을 세웠어. 그런데 그녀는 하루에도 몇 번씩 마음이 오락가락하는 거야. 결국 오늘 밤에는 결행하기로 했어. 로지도 이번만은 아직 이틀째 마음이 변하지 않고 있거든. 그런데 약속 시간까지는 아직도 다섯 시간이나 남았단 말이야. 막상 그때 가서 로지에게 또 골탕을 먹지 않을까 하고 여간 걱정이 아냐."

"무슨 약이 필요하다며?"

아이키가 물었다.

맥고원은 불안하고 난처한 표정을 지었다. 평소와는 전혀 다른 태도였다. 그는 자신 앞에 있던 약품 일람표를 둘둘 말아서 쓸데없이 손가락에 둘둘 감았다.

"오늘 밤에는 무슨 일이 있어도 이 이중으로 불리한 조건들을 이겨 내고 말 거야."

그가 말했다.

"벌써 할렘가에 조그만 방까지 얻어 놨어. 테이블 위에는 국화꽃도 장식해 놓았고, 물을 끓일 주전자도 준비했지. 그리고 9시 반에는 목사님 집에 가기로 약속돼 있어. 모든 준비가 완벽해. 로지만 다시 마음이 변하지 않는다면 말이야!"

맥고원은 의심과 불안에 사로잡혀 입을 다물었다.

"그렇다면 이해가 안 되는군."

잠시 후 아이키가 말했다.

"약 얘기는 뭔가? 내게 무슨 약을 만들어 달라는 건지……."

"로지의 아버지가 나를 별로 좋아하지 않아."

이 불안한 구혼자는 어떻게든 자기가 하고 싶은 말을 통제하려 애쓰며 말을 이었다.

"지난 일주일 동안, 로지 아버지는 로지가 나와 함께 외출하지 못하게 했어. 하숙인이 한 사람 준다는 사실만 없었다면, 그는 아마 진작 나를 쫓아냈을 거야. 나는 일주일에 20달러 벌고 있으니, 로지도 이 청크 맥고원과 달아나는 것을 결코 후회하진 않을 텐데……."

"미안하네, 청크."

아이키가 말했다.

“누가 찾으러 오기로 한 약을 지어야 하네.”

“그런데…….”

맥고원이 갑자기 얼굴을 쳐들고 말했다.

“음, 아이키, 무슨 약이 없을까? 그러니까 여자에게 먹이면, 어쩔 수 없이 그 남자가 더 좋아져 버리는 그런 가루약 같은 것 말이야.”

아이키의 코 밑에서 윗입술이 경멸하듯 일그러지며 뭔가 내뱉으려 했지만, 그가 대답하기 전에 맥고원이 다시 말을 이었다.

“팀 레이시한테서 들었는데, 그 녀석은 언젠가 시 외곽에 있는 어떤 의사한테서 그런 약을 얻어 가지고, 그걸 소다수에 타서 어떤 여자에게 먹였대. 그랬더니 한 모금만 마셨는데 그 녀석을 아주 열렬히 사랑하게 돼서, 그 처녀의 눈엔 이제 다른 남자는 모두 성에 차지 않게 되었다는 거야. 그 뒤 2주일이 안 되어 두 사람은 결혼했지.”

청크 맥고원은 튼튼하고 단순한 젊은이였다. 아이키 이상으로 사람을 관찰하는 눈을 가진 독자라면, 맥고원이 건장한 골격에 가느다란 줄이 팽팽하게 감긴 악기처럼 몹시 긴장되어 있음을 알 수 있을 것이다. 적지에 쳐들어가려는 장군처럼 그는 절대로 실패하는 일 없도록 만반의 준비를 갖추려 하고 있었다.

“그런 약을 구해서 오늘 밤 저녁을 먹을 때 로지에게 먹일 수 있다면, 그녀도 용기를 내어 함께 달아날 약속을 깨지 않을 거라 생각해.”

청크가 기대에 차서 계속 이야기했다.

"로지를 데리고 가는 데 노새들을 동원해서 끌게 할 것까지는 없겠지만, 원체 여자란 자기 스스로 하기보다는 누군가 이끌어 주는 것이 맞는 모양이야. 그 약이 그저 두 시간만 효과를 내 준다면 내 꾀가 성공할 거야."

"둘이서 달아난다는 그 바보 같은 짓은 대체 몇 시에 하기로 했나?"

아이키가 물었다.

"9시."

맥고원이 말했다.

"저녁은 7시에 먹어. 8시에 로지는 골치가 아프다며 침대에 들어가는 거지. 9시에는 파벤자노 노인이 나를 자기 집 뒷마당에 넣어 주게 되어 있는데, 거기 가면 옆집 리들 씨네 판자벽 널빤지가 한 장 벗겨져 있어. 나는 로지의 방 창문 밑으로 가서, 로지가 비상 사다리를 타고 내려오는 것을 도와주는 거야. 그런 다음 목사님한테 가서 그다음 일을 하는 거지. 로지가 막상 뒷걸음질 치지만 않는다면, 일은 아주 간단하다고. 아이키, 그런 가루약을 지어 줄 수 없을까?"

아이키 션스타인은 천천히 코를 문질렀다.

"청크."

그가 말을 이었다.

"그런 약은 약제사로서 가장 조심해야 할 종류의 약이네. 친한 사이니 자네에겐 그런 약을 지어 줘도 괜찮다고 생각하기는 하지만……. 좋아, 로지가 그걸 먹고 자네를 어떻게 생각하게 되는지, 한

번 확인해 보게나."

아이키는 한쪽에 있는 조제대 앞으로 갔다. 거기서 그는 4분의 1 그레인의 모르핀이 함유된 수용성 알약 두 개를 갈아서 가루로 만들었다. 그리고 양을 늘리기 위해 소량의 유당을 섞어서 이 혼합물을 흰 종이에 깨끗이 쌌다. 이 가루를 어른에게 먹이면 아무 위험 없이 몇 시간 푹 자게 만들 것이다.

그는 되도록 물에 타서 먹이라고 주의하면서 이를 청크 맥고원에게 주었다. 그리고 이 뒷마당의 '로킨버(뒷마당에 들어가서 신부를 훔치는, 월터 스콧의 작품에 나오는 주인공_옮긴이)'로부터 감사의 인사를 받았다.

아이키의 수법이 얼마나 교묘했는지는 이후 그의 행동을 보면 저절로 분명해질 것이다. 그는 리들 씨에게 심부름꾼을 보내어 로지와 달아나려는 맥고원의 계획을 모두 일러바쳤다. 리들 씨는 붉은 벽돌 가루를 덮어 쓴 것처럼 얼굴이 붉고, 성질이 급하며, 풍채 좋은 사나이였다.

"참 고맙소."

그는 짧게 아이키에게 말했다.

"이놈의 아일랜드 건달 녀석 같으니! 내 방은 로지 방 바로 위니까, 저녁 먹고 얼른 윗방으로 올라가서, 엽총을 장전하고 기다려야지. 이놈 우리 집 뒷마당에 들어오기만 해 봐라. 혼례 마차 대신 구급차로 실려 나가게 해 줄 테다."

잠의 신 모르페우스의 마수에 걸려 수 시간 동안 정신없이 잠들어 있을 로지와 미리 경고를 받아 무장한 채 대기하고 있을 피에 주린 그녀의 아버지를 생각하니, 아이키는 드디어 연적이 파멸의 구렁텅이 바로 앞에 있음을 느꼈다.

그는 밤새도록 블루 라이트 약국에서 가게를 지키며 비극적인 소식을 기다렸다. 하지만 아무 소식도 없었다. 이튿날 아침 8시가 되어 낮 당번 약사가 출근하자, 아이키는 간밤의 결과가 어떠한지 궁금해서 부랴부랴 리들 부인 댁으로 향했다.

그런데 이게 대체 어찌된 일인가? 약국에서 막 나가려는데, 분명 청크 맥고원 바로 그 사람이 지나가던 전차에서 뛰어 내려와 느닷없이 그의 손을 덥석 잡는 것이었다. 더욱이 얼굴에는 승리와 기쁨의 미소가 가득했다.

"드디어 해냈어!"

청크는 행복의 절정에 달한 웃음을 지으며 말했다.

"로지는 1분 1초도 어김없이 비상 사다리 있는 곳으로 모습을 드러냈고, 9시 30분 4분의 1초에는 목사님 앞에서 결혼식을 올렸지. 로지는 지금 내 방에 있다고. 오늘 아침엔 파란 가운을 입고 달걀 요리를 만들어 줬다네. 세상에! 난 얼마나 행복한 놈인가! 이봐, 아이키, 언제 한번 우리 집에 놀러 와서 함께 식사라도 하자고. 나는 다리 곁에 좋은 일자리를 구했고, 지금 그리로 가는 길이야."

"그런데 음……, 그 약은?"

아이키가 더듬거리며 물었다.

"아, 자네가 준 그 약!"

청크는 더 크게 웃으며 대답했다.

"음, 그건 이렇게 됐어. 어제저녁 나는 리들 부인 댁에서 식탁에 앉았을 때, 로지를 바라보며 내 자신을 타일렀지. '청크, 이 처녀를 손에 넣으려거든, 정정당당하게 해. 이런 순수한 처녀에게 간교한 속임수를 써서는 안 돼.'라고 말이야. 주머니에는 자네가 준 그 약봉지가 들어 있었지. 그런데 그때 나의 시선은 그 자리에 앉아 있던 다른 사람에게로 무심코 옮겨 갔어. 그러고는 다시 속으로 생각했지. '이분은 장래의 사위에게 아직 적절한 애정을 못 느끼고 있구나.'라고 말이야. 그래서 나는 기회를 보아 리들 영감의 커피 잔에다 그 가루약을 쏟아 넣은 거야. 이제 알겠지?"

하그레이브스의 멋진 연기

모빌 출신의 펜들턴 탈버트 소령과 그의 딸 리디아 탈버트는 워싱턴으로 이주해 오면서 시내에서 가장 한적한 거리에서도 45미터가량 더 들어간 곳에 하숙집을 잡았다. 그 집은 현관에 하얀 기둥들이 높다랗게 서 있는 구식 벽돌집이었다. 마당에는 우람한 쥐엄나무와 느릅나무가 그늘을 드리우고 있었으며, 계절마다 풀밭에는 개오동나무의 분홍색, 흰색 꽃송이가 비처럼 내렸다. 또한 담장과 보도를 따라 키 큰 회양목 덤불이 줄지어 있었다. 탈버트 부녀는 남부 스타일의 이 집과 풍경이 마음에 들었다.

이 쾌적하고 조용한 집에서 그들은 탈버트 소령이 쓸 서재를 포함해 방 몇 개를 빌렸다. 탈버트 소령은 '앨라배마 주의 군인이자 법관 그리고 변호사인 한 남자의 일화와 회상'이라는 책의 마지막 장을 쓰는 중이었다.

탈버트 소령은 옛날 옛적 남부 시대 사람이었다. 그의 눈에는 요즘 세상사가 흥미롭지도 않고 대단해 보이지도 않았다. 그의 마음은 아직도 남북전쟁 이전 시절에 머물러 있었다. 당시에 탈버트 가문은 수천 에이커의 드넓은 목화밭과 이를 경작하는 흑인 노예들을 소유하고 있었으며, 남부의 귀족 손님들이 수없이 집에 드나들곤 했다. 소령은 그 시절에 대해 오랜 자부심을 갖고 있었으며, 명예를 존중하고, 고리타분할 정도로 깍듯하게 예의범절을 지켰으며, (이쯤에서 독자들도 짐작하듯이) 당시의 옷차림을 고수했다.

그런 옷은 분명 지난 50여 년간 한 번도 만들어졌을 리 없다. 소령은 키가 컸는데도, 그가 인사라고 주장하는 그 멋있고 고풍스런 절을 할 때면 프록코트의 자락이 마룻바닥을 쓸었다. 그 의상은 남부 출신 국회의원들이 입고 다니는 프록코트와 챙 넓은 모자에 더 이상 놀라지 않게 된 워싱턴 사람들조차 기이하게 바라보지 않을 수 없는 것이었다. 같은 집에 하숙하던 사람 중 하나가 이 옷에다 '파더 허버드'라는 이름을 붙여 줄 정도로 확실히 이 옷은 허리가 높고 폭이 넓었다.

하지만 그 밖에도 앞가슴 부분에 넓게 주름이 잡히고 올이 풀린 셔츠를 입고 언제나 한쪽으로 기울어져 있는 검정 나비넥타이를 매는 등 기이한 옷차림에도 바드먼 부인의 집에 하숙하는 사람들은 탈버트 소령을 좋아하고 웃으며 대했다. 백화점의 젊은 직원들은 소령을 만나면 그들 표현대로 '그를 낚아서' 그가 가장 좋아하는 화제,

즉 그가 사랑해 마지않는 남부의 전통과 역사에 대해 이야기를 늘어놓게 만들기도 했다. 그는 이야기 중에 자신이 쓰고 있는 '일화와 회상'의 여러 대목을 자주 인용했다. 하지만 그 백화점 점원들은 자신들의 숨은 의도가 드러나지 않도록 조심해야 했다. 왜냐하면 소령은 예순 여덟이었지만, 그가 사람의 마음을 꿰뚫어 보는 듯한 회색 눈으로 끈질기게 상대방을 쏘아볼 때면 아무리 담대한 사람이라도 쩔쩔맬 수밖에 없었기 때문이다.

리디아 양은 작고 통통한 서른다섯 살의 노처녀였는데, 말끔하게 머리를 빗고 땋아서 실제보다 더 나이 들어 보였다. 그녀의 외모 역시 구식이었지만 소령처럼 남북전쟁 이전 시절의 영광을 발산하고 있지는 않았다. 그녀는 검소한 습성을 지니고 있었으며, 실제로 집안의 살림을 관리하는 사람도, 청구서를 갖고 찾아오는 손님들을 만나는 사람도 그녀였다. 소령은 월세 청구서나 세탁비 청구서를 천하고 성가신 것으로 여겼다. 청구서들은 정말 끈질기게 자주 날아들었다. 그런 것들을 모두 쌓아 두었다가 편리한 때에, 이를테면 '일화와 회상'이 출판되어 원고료를 받을 때 한꺼번에 갚으면 되는 게 아닐까 소령은 생각했다. 하지만 리디아 양은 조용히 바느질을 하면서 이렇게 말하곤 했다.

"돈이 있는 한 지금처럼 계속 내야 해요. 어차피 잠시만 내지 않고 있어도 금세 쌓이는걸요."

바드먼 부인의 집에서 하숙하는 사람들은 거의 대부분 백화점 직원들이거나 회사원들이었기 때문에 낮 동안에는 밖에 나가 있었다.

하지만 그중 한 사람만은 아침부터 밤까지 오랜 시간을 그 집에서 보냈다. 그의 이름은 헨리 홉킨스 하그레이브스. 셋집에 살던 사람들은 그를 모두 이 긴 이름으로 불렀다. 그는 연극 무대에서 일하는 배우였다. 최근 몇 년 사이에 연극 공연의 수준이 꽤 높아진 데다, 하그레이브스는 겸손하고 예의 바른 청년이었기 때문에 바드먼 부인은 그가 자기 집에 하숙하기 위해 찾아왔을 때 반대할 이유가 없었다.

극장에서 하그레이브스는 모든 지방의 사투리를 자유롭게 구사하는 희극 배우로 유명했으며, 독일인, 아일랜드인, 스웨덴인, 그리고 흑인 분장에 이르기까지 폭넓은 레퍼토리의 소유자였다. 그는 야심이 커서 언젠가는 전국적인 인기 희극배우로 성공하겠다는 커다란 포부를 종종 털어놓곤 했다.

이 젊은이는 탈버트 소령에게 커다란 호감을 느끼고 있는 것 같았다. 이 노신사가 남부의 추억을 회고하거나 여러 일화를 생생하게 되풀이할 때마다, 하그레이브스는 어김없이 그 자리에 있었고 누구보다 주의 깊게 듣곤 했다.

한동안 소령은 자신이 내심 '광대'라고 생각하던 작자가 가까이 접근하는 것을 거리끼는 기색이 역력했다. 하지만 머잖아 젊은이의 싹싹한 태도와 자신의 이야기를 의심의 여지없이 경청하는 태도를 보면서 그에게 마음을 열게 되었다.

오래지 않아 두 사람은 오랜 친구 같은 사이가 되었다. 소령은 날마다 오후 시간을 따로 내어 그에게 자신이 쓰는 책의 원고를 읽어 주곤 했다. 하그레이브스는 일화에 귀를 기울이다가 때가 되면 어김없이 적절한 대목에서 정확히 웃음을 터뜨리곤 했다. 이에 깊이 감동한 소령은 어느 날 리디아 양에게 '하그레이브스는 옛 제도에 대해서 훌륭한 이해와 충분한 경의를 갖고 있다.'고 단언했다. 탈버트 소령이 이야기하고 싶은 기분이 나서 옛 시절에 대한 이야기를 꺼내기만 하면, 하그레이브스는 넋을 놓고 귀를 기울이곤 했다.

과거 이야기를 하는 노인들이 대개 그렇듯이, 소령은 시시콜콜한 내용까지 길게 늘어놓기를 좋아했다. 예를 들어, 옛날 농장주들의 제왕같이 호사스러운 시절을 묘사하다가도, 자신의 말을 관리하던 흑인의 이름이라든지, 어떤 사소한 일이 일어났던 정확한 날짜라든지, 혹은 그해에 수확됐던 목화 더미의 숫자 같은 것이 생각날 때까지 이야기를 멈추곤 했다. 그래도 하그레이브스는 결코 짜증을 내거나 흥미를 잃지 않았다. 오히려 그 시대의 생활상과 관련된 다양한 주제에 대해 먼저 물어보았으며, 그때마다 바로 대답을 얻었다.

여우 사냥, 주머니쥐 요리로 차린 저녁 식사, 흑인 숙소에서의 춤과 축제, 사방 50마일까지 초대장을 돌린 농장주 저택의 넓은 홀에서 열린 파티, 이따금 발생한 인근 귀족들과의 다툼, 후에 사우스캐롤라이나 주 스웨이트 가문 사람과 결혼한 키티 차머스란 아가씨를 두고 래드본 킬버트슨과 소령 사이에 벌어진 결투, 엄청난 돈이 걸린 모빌만에서의 개인 요트 경기, 옛 흑인 노예들의 기묘한 신앙과 앞일을 생각하지 않는 습관, 그리고 충성의 미덕 등 소령과 하그레이브스는 이런 모든 화제를 놓고 몇 시간씩 정신없이 이야기꽃을 피우곤 했다.

가끔은 밤에 극장 일을 마치고 돌아온 청년이 2층에 있는 자기 방으로 올라갈 때, 소령이 서재 문 앞에 나타나서 장난스런 손짓으로 그를 부르곤 했다. 그리하여 하그레이브스가 서재 안으로 들어가 보면, 조그만 테이블 위에 술병과 설탕 그릇, 과일, 그리고 신선한 초록색 박하가 수북이 쌓여 있었다.

"문득 생각이 났소만……."

소령은 그런 식으로 격식을 차려 가며 말을 꺼냈다.

"당신이 일하고 있는 일터에서 당신 업무가 무척 힘들지도 모른다는 생각이 들었소, 하그레이브스 씨. 그래서 시인이 '지친 심신의 달콤한 치유자'라는 표현을 썼을 때 분명 머릿속에 떠올렸을 법한 남부의 줄렙을 혹시 당신이 맛보고 싶어 하지 않을까 해서 말이요."

줄렙을 만드는 소령의 모습을 지켜보는 것은 하그레이브스에게는 매혹적인 일이었다. 줄렙을 만들기 시작하는 순간, 소령은 예술가의 반열에 올라섰으며 만드는 과정을 결코 간단히 생략하거나 바꾸는 법이 없었다. 박하를 빻을 때의 그 정교한 솜씨며 재료를 젤 때의 그 정확성, 짙은 초록색 가장자리를 배경으로 반짝이는 새빨간 과일을 올려놓을 때의 그 조심성! 그러고 나서 잘 고른 귀리 빨대를 쨍 소리가 나도록 바닥까지 찔러 넣은 다음, 손님에게 권하는 그 정중하고도 우아한 자세까지!

워싱턴에서 넉 달쯤 지낸 어느 날 아침, 리디아 양은 이제 수중에 돈이 거의 없다는 사실을 깨달았다. '일화와 회상'은 완성되었지만,

출판업자들은 앨라배마 주의 감각과 위트를 모아 놓은 이 보석 같은 책에 선뜻 덤벼들지 않았다. 게다가 아직 그들이 모빌에 소유하고 있던 조그만 집에서 나오던 집세는 벌써 두 달이나 밀려 있었다. 반면 그들은 이번 달 하숙비를 3일 이내에 내야만 했다. 리디아는 아버지에게 이 문제를 상의했다.

"뭐, 돈이 없다고?"

소령은 놀란 표정으로 말했다.

"그깟 몇 푼 때문에 이렇게 번번이 시달리다니……. 성가셔서 못 살겠구나. 정말이지 난……."

소령은 주머니를 뒤졌다. 하지만 달랑 2달러짜리 지폐 한 장밖에 찾지 못하자, 다시 그 돈을 조끼 주머니 속에 넣었다.

"내가 당장 어떻게 손을 써 보마, 리디아."

그가 말했다.

"내 우산 좀 갖다 다오. 지금 바로 시내에 가 봐야겠다. 며칠 전에 우리 선거구 출신 의원인 풀검 장군이 일전에 내 책이 빨리 출판될 수 있도록 힘써 주겠다고 장담했단다. 내가 당장 그분 호텔로 가서 일이 어떻게 되었는지 알아보마."

소령은 그 '파더 허버드' 옷에 단추를 채우고 밖으로 나서다가, 항상 그렇듯이 문간에 잠시 멈춰 서서 정중히 인사했다. 리디아 양은 서글픈 미소를 살며시 지으며 그 모습을 지켜보았다.

그날 저녁, 소령은 어두워져서야 집에 돌아왔다. 풀검 의원은 소령의 원고를 읽어 본 출판업자를 이미 만난 모양이었다. 그 사람은

이 책 전반에 깔린 지방색과 계급적 편견을 제거하기 위해 일부 일화들과 그 밖의 내용들을 절반쯤 삭제한다면 출판을 고려해 보겠노라고 말했다는 것이다.

소령은 불같이 화가 났지만, 리디아 양 앞에 서자 곧 예의를 갖추며 침착성을 되찾았다.

"우린 돈이 꼭 필요해요."

리디아가 콧잔등을 살짝 찡그리며 말했다.

"그 2달러라도 저에게 주세요. 오늘 밤에 랄프 숙부께 돈 좀 보내달라고 전보를 쳐야겠어요."

소령은 조끼 위의 주머니에서 작은 봉투 하나를 꺼내더니 테이블 위에 툭 던졌다.

"분별없는 짓인지 모르겠다만……."

그가 부드럽게 말했다.

"워낙 있으나 마나 한 돈이라서 오늘 밤 극장표를 사 버렸다, 리디아. 새로 상연되는 연극이란다. 너도 워싱턴에서 처음으로 연극을 보게 되니 좋아하리라 생각했지. 이 연극에서는 남부가 매우 합당하게 다루어지고 있다는 말을 들었다. 솔직히 말해 내가 이 연극을 꼭 한 번 보고 싶구나."

리디아는 절망한 나머지 말없이 두 손을 번쩍 들어 올렸다.

하지만 어차피 사 버린 입장권이니 사용하는 게 좋을 것 같았다. 그리하여 그날 밤, 두 사람이 극장에 앉아 경쾌한 전주곡을 들을 때에는, 리디아 양조차도 그 시간만큼은 모든 걱정거리를 일단 미뤄

놓자고 생각했다. 소령은 얼룩 한 점 없는 리넨 셔츠를 입고 하얀 머리카락을 말끔히 빗어 넘긴 모습으로 앉아 있었다. 그 별난 코트의 단추를 바싹 채워 윗부분만 드러내고 앉아 있는 모습이 참으로 멋지고 돋보였다. '목련꽃'이란 연극의 제1막이 오르자, 전형적인 남부 대농장의 모습이 나타났다. 탈버트 소령은 상당한 관심을 보였다.

"이것 좀 보세요!"

리디아 양은 아버지의 팔을 팔꿈치로 살짝 치며 자신이 갖고 있는 프로그램을 가리켰다. 소령은 안경을 쓰고 등장인물의 배역이 소개된 부분 가운데 그녀가 손가락으로 가리키는 줄을 보았다.

거기에는 다음과 같이 적혀 있었다.

웹스터 캘훈 대령 역, H. 홉킨스 하그레이브스

"우리가 사는 집의 하그레이브스 씨예요."

리디아 양이 말했다.

"소위 '정통극'이라고 부르는 연극에는 처음 출연하는 게 분명해요. 그분께 참 잘된 일이네요."

웹스터 캘훈 대령은 제2막이 되어서야 무대에 나타났다. 그가 무대에 등장하는 순간, 탈버트 소령은 주위에 다 들릴 만큼 신음 소리를 내며 그를 쏘아보았다. 그러고는 얼음처럼 굳은 표정이 되어 버렸다. 한편 리디아 양은 모호한 신음을 내며 손에 쥐고 있던 프로그램을 구겨 버렸다. 캘훈 대령이 마치 판박이처럼 탈버트 소령과 똑

같은 분장을 하고 나타났기 때문이었다. 끝이 말려 올라간 길고 숱 없는 백발이며, 귀족적인 매부리코, 가슴 부분에 넓게 주름이 잡히고 올이 풀린 셔츠, 그리고 매듭이 한쪽으로 기울어져 있는 나비넥타이까지, 거의 정확하게 흉내 냈다. 무엇보다 이 모방의 결정적 마무리는 소령이 입고 있는 것과 똑같은, 그 전대미문의 프록코트였다. 높은 목깃과 치솟은 허리선, 넓은 자락, 뒷부분보다 1피트가량 긴 앞단. 이 외투는 다른 어떤 패턴으로도 흉내 낼 수 없는 옷이었다. 그때부터 소령과 리디아 양은 넋을 잃고 앉아서, 그 오만한 탈버트의 가짜 대역이, 나중에 소령이 표현한 바로는, '비방의 진흙탕 무대 위로 질질 끌려다니는' 모습을 지켜보았다.

하그레이브스는 그동안의 기회를 잘 이용했던 게 틀림없었다. 그는 소령 특유의 괴팍한 말투, 악센트, 억양 그리고 한껏 과장된 예법 같은 것들을 완벽하게 익혀서 연극 무대에 맞도록 한껏 과장했다. 마침내 소령이 모든 인사의 최고봉이라고 자부하는 그 굉장한 절을 하그레이브 씨가 했을 때, 관객들은 한바탕 열렬한 박수갈채를 보냈다.

리디아 양은 감히 자기 아버지 쪽은 쳐다볼 엄두도 내지 못한 채, 꼼짝하지 않고 앉아 있었다. 그러고는 못마땅한 심정에도 살며시 피어오르는 미소를 감추려는 듯, 가끔 소령 편에 있는 손을 들어 뺨을 가리곤 했다.

하그레이브스의 뻔뻔스러운 흉내는 제3막에 이르러 절정에 달했다. 캘훈 대령이 자기 저택으로 이웃 농장주들을 초대하여 접대하는 장면이었다.

무대 중앙에 놓여 있는 테이블 앞에 선 그는 친구들에게 둘러싸인 채, 능숙한 솜씨로 줄렙을 만들면서 '목련꽃'에서도 가장 유명하고 으뜸가는 독백을 주절주절 늘어놓았다.

탈버트 소령은 분노로 새하얗게 질린 채, 자신의 가장 훌륭한 일화가 다른 식으로 이야기되고, 자신의 소중한 이론과 취미들이 부풀려 소개되며, '일화와 회상'에 나오는 꿈이 과장되고 개조되어 전달되는 것을 말없이 듣고 앉아 있었다. 그가 가장 좋아하는 일화인 래드본 킬버트슨과의 결투 이야기 또한 빠지지 않았는데, 소령 자신이 쓴 것보다 한결 더 화끈하고 자아도취적이며 열정적이었다.

그 독백은 줄렙을 만드는 기술에 대한 색다르고 유쾌하고 재치 넘치는 짧은 강연과 시범으로 끝을 맺었다. 여기서도 탈버트 소령의 섬세하면서도 한껏 허식을 부리는 과정이 한 치의 오차도 없이 그대로 재현되었다. 섬세하게 허브 다루는 법("자. 신사 여러분, 1그레인의 1,000분의 1만 더 눌러 짜도 하늘이 내려 주신 이 식물에서는 향기 대신 쓴맛이 우러나게 됩니다.")에서부터 귀리 빨대를 신중하게 선택하는 방법에 이르기까지 그야말로 완벽했다.

이 장면이 끝나자, 관객들은 우레와 같은 박수갈채를 보냈다. 전형적 인물에 대한 묘사가 너무나 정확하고 분명하고 완전했기 때문에, 정작 연극의 주인공들은 묻혀 버렸다. 몇 번의 앙코르가 되풀이된 후에, 하그레이브스가 커튼 앞에 나타나 절을 했다. 다소 앳된 그의 얼굴은 성공의 기쁨으로 상기되어 있었다.

마침내 리디아 양이 고개를 돌려 소령을 쳐다보았다. 그의 커다란 콧구멍은 마치 물고기의 아가미처럼 벌렁거리고 있었다. 그는 떨리는 두 손으로 의자의 팔걸이를 누르고 자리에서 일어나려고 했다.

"나가자, 리디아."

그는 숨 막히는 목소리로 말했다.

"이건 정말…… 터무니없는 모독이구나!"

그녀는 일어서려는 소령을 끌어당겨 좌석에 다시 앉혔다.

"끝까지 자리에 앉아 있다가 나가요."

그녀가 단호하게 말했다.

"아버지의 진짜 코트를 사람들에게 보여 줘서 저 모방꾼을 선전해 주고 싶으세요?"

두 사람은 결국 마지막까지 자리를 지키고 앉아 있었다.

커다란 성공을 거둔 덕택에 하그레이브스는 그날 밤 늦게까지 극장에 붙잡혀 있었던 것이 분명했다. 이튿날 아침 식사 때도, 점심 식사 때도 모습을 나타내지 않았다.

오후 3시가 되어서야, 그는 탈버트 소령의 서재 문을 두드렸다. 소령이 문을 열자, 하그레이브스는 조간신문을 손에 가득 들고 들어왔다. 그는 성공의 기쁨으로 가득 찬 나머지 소령의 태도가 평소와 다르다는 사실을 눈치채지 못했다.

"어젯밤에 제 공연이 굉장한 호평을 얻었습니다, 소령님."

그는 신이 나서 말을 시작했다.

"제게 기회가 찾아왔고, 드디어 제가 큰 성과를 올린 것 같습니다. 여기 신문 기사 좀 보세요."

터무니없는 과장, 기이한 복장, 고풍스러운 말투, 가문에 대한 고리타분한 긍지, 매우 친절한 마음씨, 까다롭게 명예를 존중하는 태도, 사랑스러운 단순함을 지닌 옛 남부 지역 출신 대령에 대한 그의 착상과 묘사는 요즘 극단가에서 가장 훌륭한 인물 연기였다. 캘훈 대령이 입은 코트는 그 자체만으로도 천재적인 고안이다. 하그레이브스 씨는 관객을 완전히 사로잡았다.

"소령님, 첫 공연에 대한 이런 평가가 어떻습니까?"
"나는 영광스럽게도……."
소령은 기분 나쁘리만치 차가운 목소리로 말했다.
"어제저녁 당신의 그 매우 인상적인 연기를 직접 보았소."
그러자 하그레이브스는 당황했다.
"소령님께서 오셨다고요? 전 미처 몰랐습니다……. 소령님께서 연극을 좋아하시는 줄은 몰랐어요. 저, 그런데요…… 탈버트 소령님."
그는 솔직하게 소리 내어 말했다.
"부디 노여워하지 마십시오. 물론 소령님한테서 많은 힌트를 얻었으며, 그 역할을 해내는 데 커다란 도움을 받은 게 사실입니다. 하지만 제가 연기한 건 어디까지나, 인물의 어느 유형이지, 한 개인은 아닙니다. 관객들의 반응을 보면 알 수 있죠. 그 극장의 단골손님 중 절반은 남부 출신입니다. 그분들이 인정해 주셨습니다."

"하그레이브스 씨."

소령은 여전히 서서 말했다.

"당신은 나에게 용서 못 할 모욕을 안겨 주었소. 내 모습을 우스꽝스럽게 풍자했고, 나의 신뢰를 비열하게 배신했으며, 나의 환대를 악용했지. 만약 당신이 참된 신사란 무엇인지 조금이라도 아는 사람이라 생각했다면, 비록 이 몸이 늙었지만 당장 당신에게 결투를 신청했을 것이오. 그러니 이 방에서 당장 나가 주시오."

약간 어리둥절한 표정의 젊은 배우는 늙은 신사의 말뜻을 완전히 이해하지 못한 것 같았다.

"언짢으셨다니 정말 죄송합니다."

그는 뉘우치듯이 말했다.

"우리 북부 사람들은 소령님 같은 남부 사람들과 시각이 다르답니다. 제가 아는 사람들 중에는 대중이 알아볼 수 있도록 자신의 모습이 무대 위에서 묘사되기만 한다면 극장 좌석을 절반쯤 사야 하더라도 좋다고 생각하는 사람들이 있습니다."

"그런 사람들은 앨라배마 주 출신이 아니잖소."

소령이 오만한 태도로 말했다.

"그럴지도 모르죠, 소령님. 전 기억력이 꽤 좋은 편입니다. 소령님의 책에서 한 대목 인용해 보지요. 제 기억에 아마 밀레지빌에서 열린 어느 연회 석상에서 소령님은 건배에 답하여 이렇게 말씀하셨습니다. 또 그걸 출판하실 생각이셨고요."

북부 사람들은 감정을 자신의 상업적 이익으로 바꿀 수 있는 경우를 제외하고는 이렇다 할 감정이나 온정을 갖고 있지 않습니다. 자기 자신이나 자기가 사랑하는 사람의 명예에 가해진 그 어떤 굴욕도 그것이 금전상의 손실을 초래하지 않는 한, 화도 내지 않고 견딥니다. 자선을 베풀 때도 아낌없이 돈을 내긴 하지만 반드시 나팔을 불어서 그 사실을 세상에 알려야만 하고 놋쇠 판에라도 새겨 놓아야만 하는 사람들입니다.

"소령님께서는 이 묘사가 어제저녁에 보신 캘훈 대령의 묘사보다 더 공평하다고 생각하십니까?"

"내 묘사는 전혀 근거 없는 말이 아니오."

소령이 얼굴을 찡그리며 말했다.

"대중 연설에서는 다소 과장……, 아니, 융통성이 허용되는 법이니까."

"대중 연극에서도 마찬가지지요."

하그레이브스가 대답했다.

"그게 핵심이 아니오."

소령은 조금도 굽히지 않았다.

"그것은 한 개인에 대한 우스꽝스러운 조롱이었소. 난 그 사실을 그냥 지나칠 수 없소."

"탈버트 소령님."

하그레이브스가 애교 섞인 미소를 지으며 말했다.

"부디 저를 이해해 주십시오. 소령님을 모욕할 생각은 꿈에도 없었습니다. 제 직업에서 저는 어떤 인생이든 살아볼 수 있습니다. 전 제가 원하는 것, 취할 수 있는 것을 취해서 그것을 무대 위에 올리죠. 소령님께서 정 그렇게 생각하신다면 어쩔 수 없지만요. 제가 찾아온 까닭은 다른 일 때문입니다. 지난 몇 달 동안 소령님과 무척 가깝게 지내왔습니다만, 또다시 소령님을 화나게 해 드릴지도 모르겠습니다. 요즘 소령님께서 돈 때문에 어려움을 겪고 계신다는 사실을 알고 있습니다……. 제가 어떻게 알게 되었는지는 신경 쓰지 마십시오. 하숙집이란 그런 비밀이 지켜질 수 없는 곳 아니겠습니까. 그저 어려움을 겪고 계신 소령님께 제가 도움을 드릴 수 있도록 허락해 주십시오. 저도 그런 상황에 놓였던 적이 종종 있었으니까요. 전 최근 들어 급료를 꽤 많이 받았고 저축도 꽤 했습니다. 한 200달러, 아니 그 이상이라도 받아 주신다면 좋겠습니다. 그러다가 나중에 소령님 형편이……."

"그만!"

소령은 팔을 앞으로 쭉 뻗으며 명령하듯이 말했다.

"결국 내 책에 거짓말은 없었군. 당신은 돈이라는 연고만 있으면 명예에 난 상처까지 치료할 수 있다고 생각하고 있어. 나는 어떤 상황에서도 친분이 두텁지 못한 사람에게 돈을 빌리지는 않네. 더구나 방금 얘기했던 그런 상황을 금전적으로 해결하려는 모욕적인 제안을 고려해 보느니 차라리 굶어 죽겠소. 다시 한 번 요구하지만, 그만 이 방에서 나가 주시오."

하그레이브스는 더 이상 말하지 못하고 그 자리를 떠났다. 뿐만 아니라, 바로 그날 하숙집을 떠났다. 저녁 식사 자리에서 부인이 설명한 바로는 '목련꽃'이 일주일 동안 상연되기로 예정된 시내 극장 근처로 하숙을 옮겼다고 한다.

한편, 탈버트 소령과 리디아 양의 형편은 더욱 심각해졌다. 체면을 중시하는 소령이 워싱턴에서 선뜻 돈을 빌릴 만한 사람은 없었다. 리디아 양이 랄프 삼촌에게 편지를 보내긴 했지만, 삼촌 역시 형편이 넉넉지 않았던지라 과연 도움을 받을 수 있을지 의심스러웠다. 소령은 다소 당황하고 긴장된 모습으로 받아야 할 집세를 받지 못했다느니, 송금이 지연되었다느니 하며, 자꾸 늦어지는 집세에 대해서 바드먼 부인에게 변명의 말을 늘어놓았다.

구원의 손길은 전혀 예상치 않던 곳에서 찾아왔다. 어느 늦은 오후, 문지기 하녀가 방으로 올라와서 어떤 늙은 흑인이 탈버트 소령을 뵙고 싶어 한다고 전했다. 소령은 자기 서재로 그를 올려 보내라고 말했다. 곧 늙은 흑인 한 사람이 손에 모자를 든 채 문가에 나타났다. 그리고 한쪽 발을 어설프게 뒤로 당기며 인사했다. 그는 헐렁한 검은 정장을 꽤 점잖게 차려입고 있었다. 투박하게 생긴 큼직한 그의 구두는 광택제로 닦은 스토브를 떠올리게 할 만큼 금속성 광택을 띠고 있었다. 그의 덥수룩한 곱슬머리는 회색, 아니 거의 흰색에 가까웠다. 흑인은 중년만 지나면 나이를 짐작하기가 쉽지 않다. 그는 탈버트 소령과 거의 비슷한 연배로 보였다.

"나리께서는 아마 소인을 모르실 겁니다, 펜들턴 나리."

그가 말문을 열었다.

그의 친근한 옛날식 인사에 소령은 자리에서 일어나 앞으로 다가갔다. 옛날 대농장의 흑인 노예 중 한 사람이 틀림없었다. 하지만 그들은 뿔뿔이 흩어져 버렸고, 소령은 그의 목소리도, 얼굴도 기억할 수 없었다.

"글쎄, 그런 것 같으이."

소령이 다정하게 말했다.

"자네가 좀 도와준다면 기억해 낼 수도 있을 것 같은데……."

"신디네 모즈를 기억하지 못하십니까, 펜들턴 나리? 전쟁 끝나고 바로 다른 곳으로 옮겨 갔습죠."

"가만있자……."

소령이 손가락 끝으로 이마를 문지르며 말했다. 그는 그리운 옛 시절과 관련 있는 것이라면 무엇이든 기억해 내기를 좋아했다.

"신디네 모즈라……."

그는 생각에 잠겼다.

"말을 돌봤지? 망아지도 길들이고. 그래, 이제 기억나는군. 남군이 항복한 후에 자네는 이름을……. 가만있게……. 미첼, 그래 미첼이라고 짓고 서부로……. 네브래스카 주로 갔지?"

"맞습니다. 네, 맞습니다요."

늙은 흑인의 얼굴에 기쁨의 미소가 퍼졌다.

"그게 접니다요. 맞습니다. 네브래스카. 제가 바로 모즈 미첼입죠. 지금은 다들 모즈 미첼 영감이라고 부릅니다요. 그런데 큰 어르신께서, 그러니까 나리의 선친 말씀입니다요, 그 어르신께서 제가 떠날 때 장사 밑천을 삼으라고 노새 새끼 한 쌍을 주셨습니다. 그 노새 새끼들 기억나십니까요, 펜들턴 나리?"

"노새 새끼들은 생각나지 않는데."

소령이 말했다.

"자네도 알겠지만, 난 전쟁 첫해에 결혼해서 플린스비 옛집에 가서 살았으니까 말일세. 아무튼 좀 앉게. 어서 앉아. 모즈 영감, 자넬 보니 반갑네. 잘 살고 있지?"

엉클 모즈는 의자에 앉더니 모자를 의자 밑 마룻바닥에 조심스럽게 내려놓았다.

"그렇습니다요. 요새는 형편이 꽤 좋습죠. 처음 네브래스카에 갔을 때 사람들이 노새 새끼를 보려고 몰려들지 뭡니까. 네브래스카에서는 노새를 좀처럼 구경하기 어려우니 말입죠. 전 그 노새 새끼들을 300달러나 받고 팔았습니다요. 그렇다니까요, 300달러였읍죠."

"그래서 전 그 돈으로 대장간을 차렸지요. 거기서 돈을 좀 더 벌어 이번에는 땅을 좀 샀더랬습니다. 저와 할멈이 자식을 일곱이나 길렀는데 두 놈은 죽었지만 나머지 놈들은 모두 잘 살고 있습니다요. 그런데 4년 전에 철도가 들어오더니만 바로 소인 땅에 마을이 생겨났지 뭡니까. 펜들턴 나리, 지금 이 모즈 영감은 돈이랑 집이랑 땅이랑 모두 합쳐 재산이 1만 1,000달러는 될 겁니다요."

"거참 반가운 소식일세."

소령이 진심으로 말했다.

"정말 잘 됐네그려."

"그런데 펜들턴 나리, 나리의 그 어린 따님……. 그러니까 나리께서 아마 리디아 아가씨라고 이름을 지으셨습죠……. 그 작은 아가씨도 이제 몰라보게 크셨겠습니다요."

소령은 문가로 걸어가서 딸을 불렀다.

"애, 리디아. 이리 좀 오너라."

그러자 다 큰 어른이 된 리디아 양이 다소 근심스러운 얼굴로 자기 방에서 건너왔다.

"이런! 제가 뭐라 했습니까요? 그 작은 아가씨가 이렇게 어른이 다 되었을 줄 알았습니다요. 아가씨, 이 모즈 영감이 기억 안 나십니까요?"

"얘야, 신디 아줌마네 모즈란다."

소령이 설명했다.

"네가 두 살 때 서니메드 농장을 떠나 서부로 갔지."

"글쎄요, 그 나이라면 아저씨를 기억하지 못하는 게 당연하겠죠. 모즈 영감, 말씀하신 것처럼 전 이렇게 어른이 되었어요. 정말 오래전 일이네요. 아저씨를 기억하진 못하지만 만나서 반가워요."

리디아 양은 진심이었다. 소령 역시 마찬가지였다. 행복했던 과거와 그들을 연결해 주는 무언가가 살아서 손으로 만질 수 있는 존재로 나타났기 때문이다. 세 사람은 자리에 앉아 옛 시절에 관해 이야기꽃을 피웠다. 소령과 모즈 영감은 대농장 풍경과 그 시절을 회고하면서 서로 잘못된 기억은 고쳐 주고, 잊었던 기억은 떠오르도록 도와주었다.

소령은 노인에게 집에서부터 이렇게 먼 곳까지 뭐하러 왔느냐고 물었다.

“소인은 대표 자격으로 이곳에 왔습죠.”

그가 설명했다.

“이 도시에서 열리는 침례교회 대회에 지역 대표로 왔습니다요. 물론 저는 설교 한번 해 본 적 없습니다만, 교회에서는 제가 장로인데다 또 여행 경비 정도는 감당할 만한 형편이 되니까 저를 대표로 보냈습니다요.”

“그런데 우리가 워싱턴에 있다는 건 어떻게 알았나요?"

리디아 양이 물었다.

“제가 묵고 있는 호텔에 모빌 출신인 흑인 하나가 일하고 있더군요.”

그가 말했다.

“그런데 어느 날 아침 펜들턴 나리께서 바로 이 집에서 나오는 걸 본 적이 있다고 제게 일러 주더라구요.”

“제가 이렇게 찾아뵌 이유는…….”

모즈 영감이 주머니를 뒤지며 말을 계속했다.

“고향 분들을 만나 뵙는 일 말고도…… 펜들턴 나리께 진 빚을 갚기 위해서입니다요.”

“빚이라니?”

소령이 놀라며 물었다.

"그렇습니다요, 나리. 300달러 있습죠."

그가 소령에게 지폐 한 뭉치를 건네주었다.

"제가 떠날 때, 옛날 주인어른께서 '모즈, 저 노새 새끼들을 갖고 가거라. 나중에 형편이 되거든 갚도록 하려무나.' 이렇게 말씀하셨습니다요. 네, 그분 말씀이 그러셨습니다요. 전쟁 탓에 실은 주인어른께서도 남은 게 별로 없으셨는데도 말씀입니다요. 주인 어르신께서는 오래전에 돌아가셨으니 그 빚은 펜들턴 나리께서 받으셔야겠습니다요. 300달러입니다요. 모즈는 이제 그 빚을 충분히 갚을 수 있습죠. 철도 회사에 제 땅을 팔았을 때, 노새 값은 따로 떼어 놓았습니다요. 어서 돈을 세어 보시지요, 펜들턴 나리, 이게 노새를 판 돈입니다요."

탈버트 소령의 두 눈에 눈물이 맺혔다. 그는 한 손으로 모즈 영감의 손을 잡고 다른 한 손은 그의 어깨 위에 올려놓았다.

"아, 충실한 옛 종이여."

소령이 떨리는 목소리로 말했다.

"이런 말을 하기엔 체면이 없지만, 이 펜들턴 나리가 일주일 전에 수중에 남은 마지막 1달러까지 다 써 버렸다네. 모즈 영감, 우리는 이 돈을 받아들이겠네. 왜냐하면 이것은 어떤 의미에서는 빚을 갚는 것이기도 하지만, 또 다른 의미에서는 옛 남부 제도에 대한 충성심과 헌신의 표시이기도 하니 말일세."

"얘, 리디아. 그 돈을 받아라. 너는 그 돈의 용도를 나보다 잘 알고 있을 테니 말이야."

"받으십시오, 아가씨."

모즈 영감이 말했다.

"이건 나리 겁니다. 탈버트 댁의 돈이라니까요."

모즈 영감이 돌아간 다음, 리디아 양은 펑펑 울었다. 기쁨의 눈물이었다. 한편, 소령은 방 한쪽으로 얼굴을 돌린 채, 진흙 파이프 담배 연기를 화산처럼 뿜어 대고 있었다.

그날 이후로 탈버트 부녀는 평화와 안식을 되찾았다. 리디아 양의 얼굴에서는 근심스러운 표정이 사라졌다. 소령은 새 프록코트를 입고 나타났는데, 그 모습이 마치 옛 황금시대의 추억을 그대로 옮겨 놓은 밀랍 인형 같았다. '일화와 회상'의 원고를 읽어 본 다른 어느 출판사는 지나치게 눈에 띄는 부분을 살짝 손보고 어조를 부드럽게 바꿔서 출판하면 분명히 잘 팔리는 훌륭한 책이 될 거라고 판단했다. 그리하여 전반적으로 소령의 상황이 좋아졌고, 실제로 찾아온 행복보다 흔히 더 감미롭기 마련인 희망의 빛마저 보이기 시작했다.

이렇게 두 사람에게 행운이 찾아온 지 일주일쯤 지난 어느 날, 하녀가 리디아 양 앞으로 온 편지 한 통을 방으로 가져왔다. 봉투에 찍힌 소인을 보니 뉴욕에서 부친 편지였다. 뉴욕에는 아는 사람이 아무도 없었으므로 리디아 양은 다소 설레는 마음으로 책상 앞에 앉아 가위로 편지를 뜯었다. 편지에는 다음과 같이 적혀 있었다.

친애하는 탈버트 양에게.

아마도 제게 일어난 좋은 소식을 아시게 되면 기뻐하실 거라 생각해서 연락드립니다. 저는 뉴욕의 어느 전속 극단으로부터 주급 200달러에 '목련꽃'의 캘훈 소령 역을 해 달라는 제의를 받고 수락했습니다. 그 밖에 또 하나 알려 드릴 이야기가 있습니다. 그런데 이 이야기는 탈버트 소령님께는 말씀드리지 않는 게 좋을 것 같습니다. 저는 제가 그 역을 연구하는 데 있어 소령님께서 베풀어 주신 커다란 도움, 또한 그 일로 인해서 소령님께서 몹시 기분이 상하신 것에 대해 소령님께 뭔가 보상해 드리고 싶은 마음이 간절했습니다. 소령님께선 제 보답을 거절하셨지만, 어쨌든 저는 해 드렸습니다. 300달러 정도는 얼마든지 마련할 수 있으니까요.

당신의 성실한 벗,

H. 홉킨스 하그레이브스

추신: 저의 모즈 영감 연기가 어땠나요?

그때 홀을 지나가던 탈버트 소령이 리디아 양의 방문이 열려 있는 것을 보고 걸음을 멈추었다.

"리디아, 오늘 아침에는 우편물이 없더냐?"

소령이 물었다.

리디아 양은 읽고 있던 편지를 드레스 밑으로 살며시 밀어 넣었다.

"모빌 크로니클 신문이 왔어요."

그녀는 얼른 대답하며 덧붙여 말했다.

"서재 책상 위에 갖다 놓았어요."

돌고 도는 인생

치안판사 베나자 위더프는 자신의 사무실 문가에 앉아 파이프 담배를 피우고 있었다. 오후의 아지랑이 속에서 청회색 컴벌랜드 산맥이 하늘 풍경을 절반쯤 가린 채 치솟아 있었다. 얼룩덜룩한 암탉이 가슴을 펴고 꼬꼬댁거리면서 '개척지' 마을의 대로를 활보하며 지나갔다.

길 위쪽에서 달구지 바퀴가 삐걱거리는 소리가 들리더니, 얼마 안 있어 먼지가 서서히 피어오르면서 랜지 빌브로와 그의 아내가 달구지를 타고 나타났다. 달구지가 치안판사의 사무실 앞에 멈추자 두 사람이 내렸다. 랜지는 누런 갈색 피부에 노란 머리, 키 180센티미터의 비쩍 마른 사나이였다. 산과 같은 무표정이 갑옷처럼 그를 감싸고 있었다.

여자는 기울어진 몸에, 무명옷을 입고, 가루담배 냄새를 풍겼으며, 뭔가 알 수 없는 욕구 때문에 지쳐 보였다. 그녀에게는 어느새 잃어버린, 기만당한 젊음에 대한 가냘픈 항의의 빛이 보였다.

치안판사는 벗어 놓았던 신발에 발을 구겨 넣고는 자리에서 일어나 두 사람을 맞이하려고 위엄을 차려 걸어 나갔다.

"우리 둘은요……."

소나무 가지를 스쳐 지나가는 바람 소리 같은 목소리로 여자가 말했다.

"이혼하려고 왔네요."

여자는 자신의 용건을 밝힌 발언에서 남편이 애매하거나 얼버무리거나 편파적이거나 독단적인 표현이라고 트집을 잡으려 하는 건 아닌지 랜지 쪽을 힐끗 쳐다보았다.

"이혼 말입니다요."

랜지가 진지하게 고개를 끄덕이며 그 말을 되풀이했다.

"저희 둘은 말이죠. 이젠 도저히 함께 살 수가 없네요. 사내와 계집이 서로 좋아할 때는 말이죠. 산에서 살아도 덜 외롭지 않겠습니까요. 그런데 계집이라는 게 허구한 날 집에서 살쾡이처럼 으르렁거리고, 부엉이처럼 뚱해 있으니, 남자가 같이 살 수가 없습니다요."

"이 작자는 그야말로 쓰잘떼기없는 인간이지요."

여자가 별로 흥분하지도 않고 말했다.

"건달이나 주류 밀수꾼들하고 어울려 다니질 않나, 옥수수 위스키 따위나 퍼마시고 나자빠져 있질 않나, 굶주린 들개 같은 인간들이나 끌고 와서 밥 달라고 들볶질 않나!"

"여편네가 툭하면 냄비 뚜껑을 집어 던지고 말입니다."

이번에는 랜지가 반박할 차례였다.

"컴버랜드 일대에서 제일 훌륭한 이 곰 사냥꾼에게 뜨거운 물을 끼얹지를 않나, 남편 밥상 차려 주는 것도 싫어하고, 노상 바가지나 긁어 대면서 밤에 잠도 못 자게 하질 않나!"

"남편이란 작자가 돈이라면 아등바등하고, 산골짜기 일대에서 치사한 놈이라고 소문이 자자한데, 누가 밤에 편하게 잠을 잘 수 있겠어요?"

치안판사는 의젓하게 자신의 업무에 착수했다. 민원인들을 위해 하나밖에 없는 의자와 나무 탁자를 가져왔다. 그리고 탁자 위에 법령집을 펼치더니 조심스럽게 관련 조항을 찾았다. 그러고는 안경을 닦으며 잉크스탠드를 밀어 가까이 가져왔다.

"그러니까 이 법정의 재판권에 관한 법률 조항에는, 이혼 문제에 대해서는 한마디 언급도 없다네."

그가 입을 열었다.

"하지만 형평에 관한 법률, 그리고 헌법이나 기타 상식에 의거해 볼 때, 서로 관련된 두 가지 일을 할 수 없다면 말이 안 되지. 치안판사에게 남자와 여자를 결혼시킬 권한이 있다면, 당연히 두 사람을 이혼시킬 권한도 있다 그 말씀이야. 따라서 본 법정에서 이혼 판결문을 작성하고 선고하면, 대법원에서도 효력을 인정할 걸세."

랜지 빌브로는 바지 주머니에서 조그마한 담배쌈지를 꺼냈다. 그러고는 그걸 거꾸로 흔들어서 테이블 위에 5달러짜리 지폐를 떨어뜨렸다.

"곰 가죽 한 장과 여우 모피 두 장을 판 돈입죠."

그가 말했다.

"가진 거라곤 이것뿐이요."

"본 법정의 이혼 수속 규정 수수료는……"

치안판사가 말했다.

"5달러 되겠네."

그러고는 별 관심 없는 체하면서 조끼 주머니에 지폐를 찔러 넣었다. 판사는 몸을 이리저리 뒤척이고, 머리를 쥐어짜면서 반절지에 이혼 판결문을 쓰고, 그것을 또 다른 종이에 베껴 적었다. 랜지 빌브로와 그의 아내는 자기들이 이제 자유롭다고 선언하는 문서를 판사가 읽는 동안 가만히 귀 기울였다.

"지금 이 순간부터 모든 사람에게 알리노니, 몸과 마음이 모두 정상인 랜지 빌브로와 그의 아내 아리엘라 빌브로는 오늘 본 법정에 출두하여 앞으로는 서로 사랑하지 않고, 존경하지도 않으며, 복종하지도 않을 것을 서약하였다. 이에 주정부의 권위와 존엄성에 의거하여 이혼 청원을 받아들임을 이 증명서를 통해 공고한다. 그대들에게 주님의 가호가 있기를 빈다. 테네시 주 피에몬트 카운티 치안판사, 베나자 위더프."

판사가 이 증명서 한 통을 랜지에게 건네주려고 했다. 그러자 아리엘라가 목소리를 높여 막았다. 어리둥절한 두 남자가 그녀를 바라보았다. 아둔한 두 남성이 갑자기 한 여성으로부터 뜻밖의 문제 제기를 받는 순간이었다.

"판사님, 아직 그 증서를 저 사람에게 주지 마세요. 아직 모든 문제가 해결된 게 아니라고요. 우선 제가 받을 걸 받아야지요. 위자료란 게 있잖아요. 사내가 이혼하면서 마누라에게 한 푼도 주지 않는 법이 세상에 어디 있겠어요? 저는 호그백 산에 있는 오빠 에드에게 가려고 합니다. 그러려면 신발도 한 켤레 있어야 하구요. 가루담배랑 또 다른 것들도 좀 있어야 한다고요. 랜지가 저랑 이혼하고 싶으면 제게 위자료를 주라고 하셔야죠."

랜지 빌브로는 한 방 먹은 것처럼 잠자코 있었다. 지금까지 두 사람 사이에 위자료 얘기 따위는 전혀 없었던 것이다. 여자들은 언제나 생각지도 못했던 깜짝 놀랄 문제를 끄집어내곤 한다.

판사 베나자 위더프는 법적 판결이 필요한 상황이라고 느꼈다. 판례집에는 위자료에 대해서 전혀 언급이 없었다. 하지만 여자는 맨발이었고, 호그백으로 가는 길은 가파르고 험한 돌밭 길이었다.

"아리엘라 빌브로."

판사는 엄숙한 목소리로 물었다.

"그대는 본 법정에 제소한 이 사건에 있어서 위자료를 얼마나 받으면 충분하고 타당하다고 여기는가?"

"신발하고 다른 것들을 사려면, 5달러는 있어야 합죠."

그녀가 대답했다.

"위자료라고 부르기도 민망한 돈이지만, 그거라도 있으면 에드 오빠에게 갈 수는 있을 테니까요."

"그 금액이라면 부당하다고 할 수 없지."

판사가 말했다.

"랜지 빌브로, 본 법정은 이혼 판결을 내리기 전에, 그대가 원고에게 5달러를 지급할 것을 명한다."

"하지만 전 이제 한 푼도 없습니다요."

랜지가 무거운 한숨을 내쉬며 말했다.

"가진 것을 몽땅 판사님께 드렸으니 말입죠."

"만일 돈을 지불하지 않는다면……."

판사는 안경 너머로 피고를 정색하고 노려보며 말했다.

"그건 법정 모독이라고 할 수 있다네."

"내일까지 시간을 주시면 어디서 마련할 수 있을지도 모릅니다요……."

남편이 애원했다.

"위자료를 줘야 하는 건 꿈에도 생각하지 못했습니다요."

"이 사건은 내일 두 사람이 함께 출두하여 본 법정의 명령에 따를 때까지 연기한다."

베나자 위더프가 말했다.

"이혼 판결문은 그 후에 교부하기로 한다."

판사가 문가에 앉아서 구두끈을 풀기 시작했다.

"그럼 임자랑 나는 오늘 밤엔 지아 삼촌 집에 가서 하루 신세져야겠구먼."

랜지가 말했다. 그가 달구지 한쪽으로 올라앉고, 아리엘라는 그 반대편으로 올라탔다. 그가 고삐를 흔들자 조그만 붉은 소가 길을 빙 돌아 방향을 바꾸었다. 그리고 달구지는 바퀴에서 먼지를 일으키며 서서히 사라져 갔다.

치안판사 베나자 위더프는 파이프 담배를 피웠다. 오후 늦은 시간이 되자 그는 주간신문을 펼쳐 들고 주위가 어두워져 글씨가 잘 보이지 않을 때까지 읽었다. 달이 떠서 저녁 식사 때가 되었다는 것을 알게 될 때까지 그는 테이블 위에 촛불을 켜고 신문을 계속 읽었다. 그는 포플러 나무 숲 근처 산비탈에 지은 통나무집에 살고 있었다.

그는 저녁을 먹으러 집으로 돌아가기 위해 월계수 나무로 그늘진 컴컴한 좁은 오솔길로 접어들었다. 그때 월계수 나무 사이에서 검은 사람의 그림자가 뛰어나와 그의 가슴에 총을 겨누었다. 그 사람은 모자를 깊숙이 내려쓰고 얼굴의 대부분을 가리고 있었다.

"돈 내놓더라고."

그 그림자가 말했다.

"암말 말고. 난 지금 신경이 예민허니까, 여차하면 방아쇠를 당겨버릴 거라고."

"나, 나는…… 딱 5, 5, 5달러밖에 없는데……."

판사가 말을 더듬으며 주머니에서 지폐를 꺼냈다.

"그걸 말아서……."

사내가 명령했다.

"여기 총구멍에다 꽂어!"

비록 손가락이 덜덜 떨리기는 했지만, 지폐가 아직 새 돈이어서 그걸 돌돌 말아 어렵지 않게 총구에 집어넣을 수 있었다.

"자, 이제 됐으니 빨랑 꺼지쇼!"

강도가 말했다.

판사는 괜히 어물거리지 않고 당장 자리를 떴다.

다음 날 조그만 붉은 소가 달구지를 끌고 사무실 앞으로 다가왔다. 치안판사 베나자 위더프는 신발을 신고 있었다. 그들이 방문할 것을 미리 알고 있었기 때문이다. 그가 지켜보는 앞에서 랜지 빌브로는 아내에게 5달러짜리 지폐를 건네주었다. 이를 지켜보던 판사의 눈이 갑자기 날카로워졌다. 그 지폐는 마치 총구멍에 꽂아 넣었던 것처럼 돌돌 말렸던 자국이 남아 있었기 때문이다.

하지만 판사는 내색하지 않았다. 다른 지폐도 그렇게 말렸던 흔적이 있을 수 있기 때문이다. 판사는 두 사람에게 각각 이혼 증서를 내주었다. 자신들의 자유를 보증해 주는 그 종이를 찬찬히 접으면서 두 사람은 각자 아무 말 없이 서 있었다. 여자는 아주 어색하고 조심스러운 눈길을 랜지에게 던졌다.

"당신은 이제 달구지를 타고 산속 오두막으로 돌아가겠죠."

그녀가 말했다.

"선반 위 깡통 속에 빵을 넣어 놨어요. 베이컨은 개가 훔쳐 먹지 못하도록 냄비 속에 넣었고요. 밤에 시계 밥 주는 것 잊지 말아요."

"당신은 에드 오빠에게 가는 게지, 그렇지?"

랜지는 무덤덤한 체하며 물었다.

“어두워지기 전에 가야죠. 그 집 식구들이 뭐 나를 반가워 해 줄 리는 없지만, 달리 갈 곳도 없으니까. 아무래도 거기 가야 하겠죠. 뭐, 이제 작별 인사를 할게요, 랜지. 그니까 당신만 괜찮다면.”

“마누라랑 헤어지면서 설마 작별 인사도 하지 않으려는 개자식이 어디 있겠어.”

마치 순교자와도 같은 목소리로 랜지가 말했다.

“물론 당신이 그런 말은 듣기도 싫을 만큼 빨리 떠나고 싶다면 모르지만 말이야.”

아리엘라는 아무 말도 하지 않았다. 그녀는 5달러짜리 지폐와 이혼 증서를 조심스럽게 접어 품속에 넣었다. 베나자 위더프는 그 돈이 사라지는 것을 안경 너머로 서글프게 바라보고 있었다.

그리고 판사는 다음과 같은 말을 꺼냄으로써(그저 생각이 나는 대로 말했을 뿐이겠지만), 이 세상의 동정심 많은 수많은 사람들, 그리고 이재에 밝은 아주 적은 사람들의 무리에 합류하게 되었다.

“랜지, 자네 오늘 밤은 그 낡은 오두막에서 좀 쓸쓸하겠군…….”

그가 말했다.

랜지 빌브로는 햇빛 속에서 파랗게 드러나 있는 컴버랜드 산봉우리들을 말없이 바라보았다. 그는 아리엘라를 쳐다보지 않았다.

“쓸쓸할지도 모릅죠.”

그가 말했다.

“하지만 화를 내고 헤어지려는 사람에게 있어 달라고 할 수도 없는 노릇이네요…….”

"헤어지고 싶어 한 사람은 당신이에요."

아리엘라가 나무 의자를 바라보며 말했다.

"게다가 남아 있길 원치 않는 사람은 없어요."

"누구도 살고 싶지 않다고 말하진 않았지."

"살고 싶다고 말한 사람도 없었죠. 자, 이제 난 에드 오빠에게나 가 봐야겠어요."

"그 낡은 시계에 밥을 줄 사람도 없어."

"랜지, 내가 당신이랑 같이 달구지를 타고 돌아가서 그 시계에 밥을 주라는 말이에요?"

산골 사나이의 얼굴에는 아무런 감정도 드러나지 않았다. 하지만 그는 커다란 손을 내밀어 아리엘라의 갈색으로 그을린, 가느다란 손을 붙잡았다. 그녀의 무표정한 얼굴에 영혼의 흔적이 슬쩍 드러났다 사라지면서, 맑은 표정을 만들어 놓았다.

"이젠 불한당 놈들을 데리고 와서 당신을 괴롭히지 않을게."

랜지가 말했다.

"난 아무짝에도 쓰잘떼기없는 그런 놈이란 말이여. 시계 밥은 아무래도 아리엘라 당신이 줬으면 해."

"내 마음은 벌써 그 오두막집에 가 있어요, 랜지."

그녀가 속삭였다.

"당신과 함께 말이에요. 이제 더 이상 화를 내거나 그러지 않을 거라고요. 서둘러요, 랜지. 그래야 해가 지기 전에 집에 도착할 수 있을 거예요."

두 사람이 베나자 위더프의 존재를 잊고 문으로 나가려고 하자, 치안판사 베나자가 그들을 막아섰다.

"테네시 주 정부의 이름으로……"

그가 말했다.

"본인은 당신들 두 사람이 법과 명령을 무시하고 있음을 알려 주지. 본 법정은 두 사람의 영혼이 애정을 회복하고 불화와 오해의 먹구름을 걷어 내는 것을 진심으로 기뻐하고 축복하는 바네. 하지만 주의 도덕성과 성실함을 유지하는 것이 본 법정의 의무란 말일세. 당신들은 정식 판결에 의해 이혼했으니, 이제 남편도 아니며 아내도 아닐세. 따라서 혼인 관계에 의한 이익이나 그에 따른 권리를 누릴 수 있는 자격도 사라졌음을 나는 이 자리에서 경고하겠네."

아리엘라가 랜지의 팔을 붙잡았다. 두 사람이 이제 막 인생의 교훈을 배웠는데, 지금 판사는 그녀가 그를 잃게 되었음을 선고하는 것이 아닌가?

"하지만 본 법정은 이번 이혼에 의해 생긴 자격 상실을 취소할 용의가 있다네."

판사가 계속 말했다.

"법정은 엄숙한 결혼식을 거행할 수 있는 권한을 가지며, 그런 방법으로 이 사태를 수습할 수 있다는 거지. 이 사건의 소송 관계인들이 원하는, 명예롭고 고상한 부부 관계를 회복시켜 줄 수 있다는 거야. 이상 말한 그 의식을 거행하는 수수료는, 이번의 경우에는 5달러로 해 주겠네."

아리엘라는 판사의 말에서 희망의 빛을 발견했다. 그러고는 재빨리 가슴에 손을 집어넣어 지폐를 꺼냈다. 지폐는 춤추는 비둘기처럼 가볍게 판사의 테이블에 내려앉았다. 랜지와 함께 손을 잡고 서서, 다시 부부로서 결합하는 혼례의 말을 듣고 있노라니, 그녀의 혈색 나쁜 볼에 붉은 기운이 돌았다.

잠시 후 랜지는 그녀를 부축해 달구지에 태우고 그녀의 곁에 자리 잡고 앉았다. 조그만 붉은 소는 다시 한 번 방향을 바꾸었다. 두 사람은 손에 손을 꽉 붙잡고, 산을 향해 떠났다.

치안판사 베나자 위더프는 문가에 앉아 신발을 벗었다. 그는 다시 한 번 지폐를 집어서 조끼 호주머니에 쑤셔 넣었다. 그리고 다시 한 번 파이프 담배를 피워 물었다. 그리고 다시 한 번 얼룩덜룩한 암탉이 가슴을 펴고 꼬꼬댁거리면서 개척지 마을의 한길 가운데로 걸어갔다.

어느 바쁜 브로커의 로맨스

증권 브로커 하비 맥스웰은 9시 반에 젊은 여자 속기사와 함께 힘찬 발걸음으로 사무실에 들어섰다. 그의 비서 피처는 여느 때의 무표정한 얼굴에 가벼운 흥미와 놀라움의 빛을 띠었다.

"좋은 아침일세, 피처."

맥스웰은 마치 뛰어넘듯이 자기 책상 앞으로 돌진하여 그곳에서 자신을 기다리고 있는 편지와 전보의 산더미 속으로 뛰어들어 갔다.

그 젊은 여성은 지난 1년간 맥스웰의 속기사로 일해 왔다. 그녀는 분명 여느 속기사와는 다른 아름다움을 지니고 있었다. 그녀는 사람들의 시선을 끄는 퐁파두르 머리형을 하지 않았다. 팔찌도, 목걸이도, 로켓(사진 등을 넣어 목걸이에 다는 작은 갑_옮긴이)도 하지 않았다. 쉽게 점심 초대에 응하는 분위기는 찾을 수 없었다. 드레스는 수수한 회색이었지만 충실하고 신중한 그녀에게 썩 잘 어울렸다. 단정한 검은색 원형 모자에는 금빛과 초록빛이 섞인 앵무새 깃털이 꽂혀 있었다. 그날 아침 그녀는 나긋하고 수줍은 듯한 얼굴에 광채를 내고 있었다. 눈은 꿈꾸듯 빛나고, 볼은 연분홍으로 물들었으며, 행복한 표정으로 무언가 추억에 잠겨 있는 것 같았다.

여전히 얼마간 호기심을 품으면서 피처는 오늘 아침 그녀의 태도에 어딘가 평소와 다른 데가 있다는 것을 깨달았다. 그녀는 자기 책상이 있는 인근 방으로 곧장 가지 않고, 바깥 사무실에서 결심을 못 하는 듯 꾸물거렸다. 한번은 사장이 그녀의 존재를 깨달을 수 있을 정도로 그의 책상 가까이 다가가기도 했다.

그런데 사장 책상에 앉아 있는 것은 이미 기계이지 인간이 아니었다. 소리 내며 회전하는 톱니바퀴와 태엽이 풀리며 움직이는 정신없이 분주한 뉴욕의 증권 브로커였다.

"음…… 무슨 일이야? 볼일 있나?"

맥스웰이 날카롭게 물었다.

겉봉을 뜯은 우편물들이 혼잡한 그의 책상 위에 눈처럼 쌓였다. 인간미 없는 냉담하고 날카로운 그의 회색 눈이 약간 짜증스러운 듯 그녀를 향해 번뜩였다.

"아니에요."

속기사는 대답한 뒤, 가냘픈 미소를 지으며 책상 곁을 떠났다.

"피처 씨."

그녀가 비서에게 말했다.

"사장님이 새 속기사 채용에 관해서 어제 아무 말씀 하지 않으셨나요?"

"말씀하셨습니다."

피처가 대답했다.

"새 속기사를 채용하라고 말씀하셨죠. 그래서 오늘 아침에 후보자를 몇 명 보내 달라고 어제 오후 소개소에 부탁해 놨습니다. 그런데 9시 45분이 되도록 아직 코빼기도 비치는 사람이 없네요."

"그럼 제가 평소처럼 일하겠어요."

젊은 숙녀가 말했다.

"새로운 분이 오실 때까지."

그러고는 자기 책상으로 가더니 초록빛과 금빛이 섞인 앵무새 깃털 장식을 단 검은색 원형 모자를 평소에 걸던 곳에 걸었다.

쏟아지는 일 속에서 정신없이 바쁜 맨해튼 증권 브로커의 모습을 보며 대단한 장관이라 생각하지 않는 사람은 인류학을 직업으로 삼기에는 적당치 않다. 시인은 '장엄한 인생의 붐비는 시간'이라 읊을 테지만, 증권 브로커의 업무 시간은 1분 1초가 그저 붐비는 정도가 아니라, 앞뒤 승강구까지 콩나물시루가 된 만원 전차 안에서 가죽 손잡이에 매달려 정신없이 흔들리는 것과 같았다.

게다가 이날은 하비 맥스웰에게는 특히 바쁜 날이었다. 주가 표시기는 경련하듯 좁다란 테이프를 쉴 새 없이 토해 내기 시작했고, 책상 위의 전화는 끊임없이 발작을 일으키는 듯 계속해서 울려 댔다. 많은 손님들이 사무실에 몰려들어 난간 저편에서 때로는 기쁜 듯이,

때로는 맹렬하게, 때로는 노기를 띠고, 또 때로는 흥분하여 맥스웰을 불러 대기 시작했다. 심부름하는 소년들이 메시지와 전보를 쥐고 달리며 여기저기 드나들고 있었다. 사무원들은 폭풍우를 만난 선원처럼 이리 뛰고 저리 뛰었다. 피처의 얼굴도 이들과 비슷한 활기를 띠기 시작했다.

증권거래소에는 태풍도 있고 산사태도 있으며, 눈보라와 빙하와 화산도 있는데, 그런 천재지변이 브로커 사무실에서 소규모로 재현되고 있었다. 맥스웰은 의자를 벽에 밀쳐놓고 발끝으로 춤을 추는 댄서처럼 일을 해 나갔다. 주가 표시기에서 전화통으로, 책상에서 문간으로, 잘 훈련된 어릿광대처럼 분주히 뛰어다니고 있었다.

점점 더 바빠져 가는 한창 중요한 시각에 브로커의 눈앞에 별안간 한 여성이 나타났다. 하늘거리는 타조 깃털 장식을 단 모자에, 그 밑으로 툭 삐져나온 높게 땋아 올린 금발, 인조 바다표범 모피로 만든 헐렁한 코트를 입고, 히코리 나무의 열매만 한 구슬을 주렁주렁 꿰고 그 끝에 은색 하트 모양 장식을 단 목걸이를 하고 있었다. 그런 액세서리로 치장한 여성 곁에 피처가 나란히 서 있었다.

"속기사 소개소에서 보낸 숙녀분이십니다."

피처가 말했다.

서류와 주가 표시 테이프를 손에 가득 쥔 채, 맥스웰이 반쯤 몸을 틀어 그쪽을 보았다.

"무슨 일로?"

그가 얼굴을 찌푸리며 물었다.

"새로 속기사 뽑아야 하니까요."

피처가 대답했다.

"사장님께서 어제 소개소에 전화하여 오늘 아침에 사람을 보내달라고 하셨잖아요."

"자네 어떻게 된 거 아냐, 피처?"

맥스웰이 말했다.

"내가 그런 말을 할 리가 없잖아? 레즐리 양이 우리 회사에 온 뒤로, 지난 1년간 일을 깔끔히 해 주고 있잖아. 자기 스스로 그만둘 생각이 없는 한, 속기 일은 레즐리 양이 계속 하게 될 거야."

"아가씨, 죄송하지만 지금은 저희 회사에 빈 일자리가 없습니다."

"피처, 소개소에 했던 부탁은 취소해. 그리고 앞으로는 지원자들을 이곳에 모시고 오지 말라고."

은색 하트 모양 목걸이를 한 여자는 나가면서 사무실 가구에 이리저리 부딪히며 투덜거리고 불평하면서 돌아갔다. 그 모습을 지켜보던 피처는 사장이 날마다 노인네가 되어 가는지 이것저것 세상사를 깜박깜박 잊어버리는 것 같다고 사무원에게 말했다.

일은 더 점점 바빠져서 눈이 빙빙 돌 만큼 빠르고 맹렬하게 돌아갔다. 거래소 매장에서는 맥스웰 회사의 고객들이 크게 투자하고 있는 대여섯 종의 주식이 한창 거래되고 있었다. 샀다 팔았다 하는 고함 소리가 제비처럼 빠르게 허공을 날아다녔다. 자신이 개인적으로 보유한 주식 몇 개도 위태로워졌기에, 그는 고속 기어가 달린 정교하고 강력한 기계처럼 움직이기 시작했다. 그는 극도의 긴장 속에서 전속력으로, 추호의 망설임도 없이, 태엽 장치처럼 민첩하게, 정확한 말과 결단으로 움직이고 행동했다. 주식과 채권, 대출과 담보, 선금과 유가증권 등, 그곳에는 금융의 세계는 있어도 인간의 세계와 자연의 세계가 끼어들 여지가 없었다.

점심시간이 가까워지자 온갖 소란도 잠시 잠잠해졌다.

맥스웰은 전보와 메모를 손에 가득 들고, 오른쪽 귀에 만년필을 끼우고, 이마 위의 머리는 마구 헝클어진 채 책상 옆에 서 있었다. 창문은 활짝 열어 놓고 있었다. '봄'이라는 다정한 여자 관리인이 잠을 깬 뜬 대지의 통풍 장치로부터 훈훈한 산들바람을 보내고 있었기 때문이었다.

그 창문을 통해 달콤하고 향긋한 라일락 향기가 어디에선가 길을 잃고 은근하게 섞여 흘러들어 왔다. 브로커는 한 순간 그 향기에 넋을 빼앗겨 꼼작도 못했다. 왜냐하면 그것은 레즐리 양의 것이었기 때문이다. 그녀에게서만 맡을 수 있었던, 그녀를 떠올릴 수 있는 향기였기 때문이다.

그 향기는 손으로 만질 수 있을 정도로 생생하게 그녀의 모습을 눈앞에 그려 놓았다. 금융의 세계가 별안간 조그만 얼룩처럼 오므라들었다. 더욱이 그녀는 바로 옆방, 스무 걸음밖에 안 되는 곳에 있었다.

"무슨 일이 있어도 지금 해야 한다."

맥스웰는 자신도 모르게 나지막이 소리 내어 말했다.

"지금 청혼하자, 왜 진작 하지 못했을까……."

그는 공을 잡으려는 유격수처럼 재빨리 안쪽 사무실로 뛰어갔다.

그러고는 곧장 속기사의 책상으로 돌진해 갔다.

그녀는 방긋이 웃으며 그를 쳐다보았다. 볼은 엷은 홍조를 띠고, 눈은 정답고 솔직한 심정으로 반짝이고 있었다. 맥스웰은 그녀의 책상 위에 한쪽 팔꿈치를 기대었다. 아직도 손에는 펄렁거리는 서류가 들려 있었고 귀에는 만년필이 끼워져 있었다.

"레즐리 양."

그가 급히 말을 꺼냈다.

"시간이 조금밖에 없어요, 그동안에 얘기하고 싶습니다. 내 아내가 되어 주겠소? 나는 다른 평범한 사람들처럼 사랑을 고백할 여유가 없습니다. 하지만 진심으로 당신을 사랑합니다. 제발 빨리 대답해 주세요. 저 친구들이 지금 유니온 퍼시픽의 주식을 거래하려 하고 있으니까요."

"세상에, 무슨 말씀을 하시는 거예요?"

젊은 숙녀가 소리쳤다. 그녀는 일어서더니 동그래진 눈으로 그를 뚫어지게 바라보았다.

"내 말을 못 알아듣겠습니까?"

맥스웰이 점잖지 못하게 매달렸다.

"나와 결혼해 주십시오. 당신을 사랑하고 있습니다, 레즐리 양. 이 말이 하고 싶어서 일을 하다 말고 잠깐 빠져나온 겁니다. 벌써 저렇게 전화가 요란스레 걸려 오고 있습니다."

"잠깐 기다리게 해 줘, 피처."

"받아 주시겠습니까, 레즐리 양?"

속기사는 이상한 태도를 보였다. 처음에는 기가 막혀 가만히 있었다. 이윽고 그 놀란 눈에서 눈물이 떨어지기 시작했다. 잠시 후 환하게 미소를 띠더니 주식 브로커의 목에 정답게 한쪽 팔을 감았다.

"이제 알겠어요."

그녀는 부드럽게 말했다.

"정신없이 일을 하고 계시는 동안에, 잠시 다른 일을 모두 다 잊으셨나 봐요. 처음에는 깜짝 놀랐어요. 잊으셨어요, 하비? 우리는 어젯밤 8시에 '모퉁이의 조그만 교회'에서 결혼했잖아요."

아픈 경험을 휴머니즘 문학으로 승화한 오 헨리

〈마지막 잎새〉 같은 오 헨리의 삶

1862년 9월 11일 노스캐롤라이나 주 그린즈버러에서 내과 의사인 아버지와 문학적 재능이 뛰어난 어머니 사이에서 아들로 태어난 '윌리엄 시드니 포터(William Sydney Porter)'란 아이가 있었다. 아이는 겉으로 보기에 비교적 좋은 환경에서 태어난 것처럼 보였지만, 세 살 무렵 어머니가 결핵으로 사망하자 할머니의 집으로 이사해 외로운 어린 시절을 보내야 했다.

그는 고등학교를 졸업하자마자 삼촌이 경영하는 약국의 조수로 들어가 일하기 시작했다. 1881년에 약사 자격증을 획득했지만 어머니처럼 폐결핵 증세가 있었던 시드니 포터는 1882년 고향을 떠나 당시 황무지와 다름없었던 텍사스 주에 가서 목동과 우편물 배달인 노릇을 하며 홀로 폐

결핵이라는 병마와 싸웠고, 1884년 오스틴 극단에 들어가 기타와 만돌린을 연주하기도 했다.

1887년, 아솔 에스테스와 결혼한 후 1890년 은행원, 기자 등으로 일했다. 1891년에는 아내의 내조 덕분에 주간지도 창간하고, 지방신문에 유머러스한 일화를 기고하는 등 소소한 글쓰기 활동을 하다가 1895년 휴스턴으로 이사했다. 이후 그는 우체국의 고정 작가로 글을 쓰기도 했다.

안정적인 생활이 지속되었지만 이듬해에, 근무했던 오스틴 퍼스트 내셔널 은행에서 출납 계원으로 재직하던 중 계산 실수를 범한 것이 공금횡령혐의로 고소되어 구금되고 만다. 장인의 도움으로 석방되어 불구속 재판을 받게 되었지만, 1896년 7월 열릴 예정인 재판을 앞두고 친구가 사

는 남아메리카로 몸을 숨긴다.

다음 해인 1897년, 자신 때문에 온갖 고생을 한 아내가 결핵으로 사경을 헤매고 있다는 소식을 듣게 된 시드니 포터는 감옥에 가더라도 아내를 만나야 한다고 결심했고, 오스틴으로 돌아왔다. 그러나 이미 중태에 빠져 몸을 가눌 수 없었던 아내는 그 옛날 그의 어머니가 그랬듯 결국 1897년 7월에 세상을 떠나고 만다.

1898년 오하이오 교도소에 수번 30664번으로 수감된 시드니 포터는 딸의 양육비를 벌기 위해 작품 활동을 시작했다. 약사 자격증이 있었던 그는 복역 중에 야간 약국 담당으로 일하였고, 감옥 생활을 하면서 얻은 풍부한 체험을 소재로 삼아 단편소설을 썼다. 하지만 본명으로 기고하면 혹시 딸아이가 보게 될까 봐 친하게 지내고 있던 간수장의 이름을 빌려 투고했다.

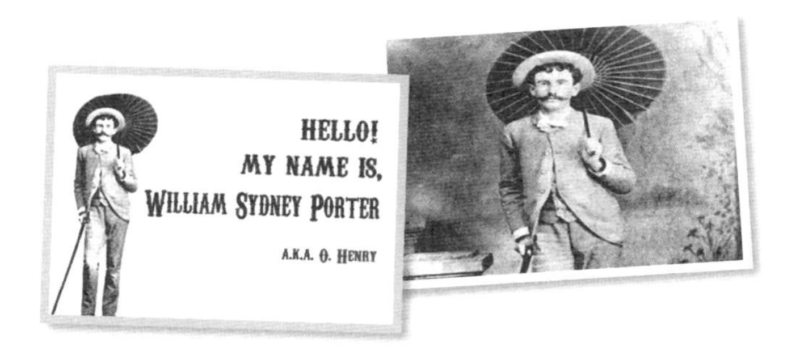

그 이름이 바로 '오 헨리(O Henry)'다. 이 필명으로 발표한 〈휘파람 부는 딕의 크리스마스 스타킹〉이 널리 알려지자 그는 시드니 포터라는 이름보다 오 헨리로 널리 알려지게 된다.

1901년 출감한 오 헨리는 펜실베이니아 주 피츠버그로 이사한 장인을 찾아가 열한 살이 된 딸을 만났다. 그리고 1902년 〈뉴욕 월드 선데이 매거진〉이 그의 글을 수록하기를 요청하였고, 그는 뉴욕으로 이사하여 이 잡지에 381편의 단편의 실었다. 어린 시절, 어머니를 잃었던 오 헨리. 아내를 잃고 딸과 헤어져 옥살이를 한 잔인한 시간이 그를 훌륭한 작가로 성장시킨 것이다.

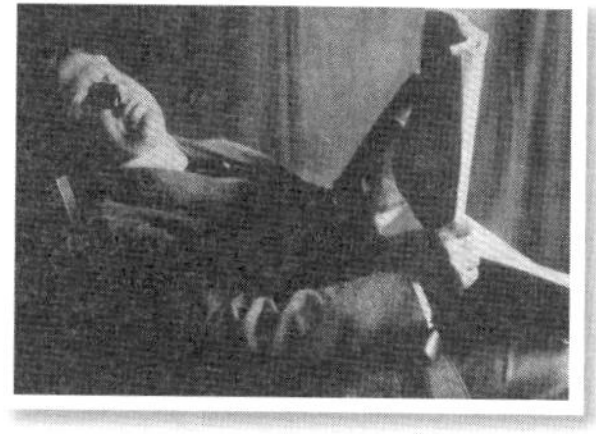

1905년 대표작인 〈마지막 잎새〉를 썼지만 헨리의 말년은 그리 밝지 않았다. 건강이 악화되었고, 금전적으로 궁핍했다. 알코올 중독 증세도 심해졌다. 1907년 사라 린제이 콜맨과 재혼했지만, 1908년 건강이 악화되어 글쓰기를 중단해야만 했다. 1909년에 아내가 세상을 뜨고, 건강이 더욱 악화된 그는 1910년 6월 5일에 과로와 간경화, 당뇨병 등으로 뉴욕 종합 병원에서 사망했다. 오 헨리의 나이 48세. 너무나 아쉬운 젊은 나이였다. 10년 남짓 작가로 살아오는 동안 그는 주옥같은 단편 300편을 남겼다.

헨리의 삶은 결코 순탄하지 않았다. 오히려 아무나 감당하기 힘든 슬픔과 우울한 일들로 점철되었다. 그는 마치 〈마지막 잎새〉의 존시처럼 하루하루를 견뎌 냈다. 그에게 마지막 잎새는 무엇이었을까. 끈질기게 남아 그를 독려하고 글쓰기를 놓지 않게 했던 힘. 그것은 우리가 그토록 피하려고 하는 '아픈 경험'이었다.

아직 떨어지지 않은 마지막 잎새, 오 헨리

많은 사람들은 '오 헨리' 하면 '미국 휴머니즘 문학의 대명사', '단편 문학에 새로운 길을 제시한 작가', '뛰어난 기교와 형식을 마음대로 만들어 낸 언어의 마술사', '평범한 소재로 예술 작품을 만드는 문학의 연금술사'로 기억하고 있다. 하지만 오 헨리 자신에게는 그다지 자랑스러운 이름이 아니었다. 그에게 오 헨리라는 이름은 죄수였고, 아내를 잃었으며, 딸에게조차 숨겨야 했던 부끄러운 과거를 가진 사나이를 뜻하는 직함과 같았다. 하지만 그런 불행한 직함에 매여서 살 수는 없는 일이었다. 오 헨리는 "사람에게 소중한 것은 이 세상에서 몇 년을 살았느냐가 아니다. 이 세상에서 얼마나 가치 있는 일을 했냐는 것이다."라고 말하며 평생 겪은 아픈 경험을 동력으로 삼아 빛나는 작품을 탄생시키는 일에 집중했다.

그리하여 오 헨리는 미국 문예부흥 시대를 주름잡았던 너대니얼 호손, 에드거 앨런 포, 허먼 멜빌과 같은 작가가 수립한 단편소설의 전통을 계승 발전시켰다. 뿐만 아니라 변방에 있던 단편소설을 본격적인 문학 장르로 끌어올리는 데 크게 이바지했다.

그는 서민과 빈민들의 애환을 따뜻한 유머로 작품 속에 담았다. 그가 남긴 300편의 단편소설 속에는 인간에 대한 사랑과 희생을 숭고하게 그린 휴머니즘 정신이 살아 숨 쉰다. 아마도 이 역시 오 헨리가 경험하고 느낀 삶에서 얻은 사상이 문학작품으로 승화된 것이리라. 화려하지 않지만 진솔한 소재를 다채로운 표현력과 뛰어난 화술로 버무릴 줄 알았던 미국 휴머니즘 문학의 대명사 오 헨리. 그는 사실주의 작가 하면 바로 떠오르는 프랑스의 모파상이나 러시아의 체호프에 비견되는 탁월한 작가로 길이 남아 있다.

날이 저물어 땅거미가 졌는데도 외로운 담쟁이 잎은 벽에 붙은 줄기에 매달려 있었다. 이윽고 밤이 되자 북풍은 다시 몰아쳤고 비는 창문을 두드리며 네덜란드식 처마 아래로 후드득 떨어졌다.

날이 밝자마자, 존시는 커튼을 올려 달라고 득달같이 요구했다. 그런데 담쟁이 잎은 여전히 매달려 있었다. 존시는 누운 채 오랫동안 그 잎을 보고 있었다. 그러더니 가스스토브 위의 치킨 수프를 젓고 있던 수를 불렀다.

"그동안 내가 너무 못되게 굴었지, 수."

존시가 말했다.

"내가 얼마나 못됐는지 보여 주려고 마지막 잎사귀가 저기에 남아 있는 것 같아. 죽고 싶어 하는 건 죄지. 이제 수프 조금만 갖다 줘."

-〈마지막 잎새〉 중에서

어떤 비바람에도 떨어지지 않고 끈질기게 매달려 있었던 마지막 잎새처럼, 오 헨리도 그랬다. 알고 보면 마지막 잎새는 죽어 가는 여자를 살리기 위한 한 노인의 희생으로 남아 있었듯이, 오 헨리가 비극적인 삶을 끝까지 놓지 않고 이겨 내 끝내 위대한 작가로 남을 수 있게 한 아픈 경험들이 그를 바닥으로 떨어지지 않게 했다. 오 헨리는 자신의 작품 마지막 잎새처럼 우리의 마음속에 영원히 매달려 있을 것이다.

차성수*

---

* 특별기고가. 현재 창대교회 담임목사다. 청소년 교육선교회 연구위원이며 몸소리 창작 연구회를 운영하고 있다. 아픈 경험으로 삶을 승화한 오 헨리의 삶을 소개해 각박한 현대인, 특히 청소년들이 긍정 마인드를 가지길 바라는 마음에서 이 글을 썼다.

작가 연보

1862년 본명은 윌리엄 시드니 포터(William Sydney Porter)이고, 10월 11일 노스캐롤라이나 주 그린즈버러에서 내과의사인 아버지 알게몬 시드니 포터와 어머니 메리 제인 버지니아 와인 포터 사이에서 셋째 아들로 태어났다.

1879년 고등학교를 졸업하고 삼촌이 운영하는 약국 보조 일을 시작하였다.

1881년 약사 자격증을 취득하였다.

1882년 텍사스로 이주하여 제임스 홀의 아들 리처드 홀의 목장에서 일하였다. 이곳에서 독일, 스페인 등지에서 온 이민자들의 음악을 배웠다.

1884년 오스틴으로 이주하여 제도사, 은행원, 기자 등의 직업을 전전하면서 생계를 이어 나갔다.

1887년 17세인 아솔 에스테스와 결혼하였다.

1888년 아들이 태어나자마자 사망하였다.

1889년 딸 마가렛 워즈 포터가 태어났다.

1891년 1891년 오스틴은행에 근무하면서 아내의 내조를 얻어 주간지를 창간했으며, 지방신문에 유머러스한 일화를 기고하는 등 문필생활을 시작하였다.

1896년 2년 전 그만둔 은행에서 공금횡령혐의로 고소당하여 남미로 도망갔다.

1897년 아내가 결핵으로 죽어 간다는 소식을 듣고 오스틴으로 돌아왔다. 아내의 장례를 치른 후 오하이오 교도소에 수감된다. 약사 자격증을 가지고 있던 그는 교도소에서 약제사로 일하면서 딸의 생계를 위해 여러 필명으로 단편소설을 쓰기 시작하였다. '오 헨리'라는 필명으로 낸 〈휘파람 부는 딕의 크리스마스 스타킹(Whistling Dick's Christmas Stocking)〉이 널리 알려지기 시작하여 이 필명을 계속해서 쓰게 되었다.

1904년 단편집 《캐비지와 왕(Cabbages and Kings)》을 발표하였다.

1906년 단편집 《400만(The Four Million)》을 발표하여 인기 작가로 자리매김하였다.

1907년 《손질 잘한 램프(The Trimmed Lamp)》 《서부의 마음(Heart of the West)》을 발표하였다. 그리고 사라 린드시 콜맨과 재혼하였다.

1909년 건강이 악화되어 글씨기를 중단하였다.

1910년 6월 5일 사망하여 노스캐롤라이나 주 아쉬빌에 묻혔다.

옮긴이 김명철

현재 바른번역 대표이자 글밥아카데미 원장이다. 저서로는 《북 배틀: 지루한 책 읽기를 재미있게 만드는 새로운 방법》《출판번역가로 먹고살기》가 있으며, 역서로는 《보이지 않는 고릴라》《위대한 기업은 다 어디로 갔을까》《새로운 미래가 온다》《경제학 콘서트》《티셔츠 경제학》《인생을 건너는 6가지 방법》 등 80여 권이 있다. 《시장경제에 관한 최고의 책》으로 전경련으로부터 추천도서상을 받기도 했다. 글밥 아카데미 사이트(www.glbab.com)에 방문하면 저자의 온라인 번역 강좌 샘플을 들어 볼 수 있다.

마지막 잎새 오 헨리 단편선

개정 1쇄 펴낸 날 2020년 7월 20일
개정 2쇄 펴낸 날 2021년 1월 30일

지은이 오 헨리
옮긴이 김명철
펴낸이 장영재
펴낸곳 (주)미르북컴퍼니
자회사 더클래식
전 화 02)3141-4421
팩 스 02)3141-4428
등 록 2012년 3월 16일(제313-2012-81호)
주 소 서울시 마포구 성미산로32길 12 2층 (우 03983)
E-mail sanhonjinju@naver.com
카 페 cafe.naver.com/mirbookcompany

* (주)미르북컴퍼니는 독자 여러분의 의견에 항상 귀 기울이고 있습니다.
* 파본은 책을 구입하신 서점에서 교환해 드립니다.
* 책값은 뒤표지에 있습니다.

1 | 노인과 바다 | 어니스트 헤밍웨이
1953년 퓰리처상 수상작 / 1954년 노벨문학상 수상작 / 미국대학위원회 선정 SAT 추천도서

2 | 동물 농장 | 조지 오웰
미국대학위원회 선정 SAT 추천도서 / 〈타임〉지 선정 현대 100대 영문소설
한국 문인이 선호하는 세계명작소설 100선 / 서울시 교육청 추천도서
논술 및 수능에 출제된 책(1998~2005)

3 | 어린 왕자 | 앙투안 드 생텍쥐페리
전 세계 1억 부 이상 판매 기록 / 16개국 언어로 번역

4 | 사람은 무엇으로 사는가(톨스토이 단편선 1) | 레프 니콜라예비치 톨스토이
영어권 문학가들이 가장 좋아하는 작가 / 전 세계 거의 모든 언어로 번역된 필독서

5 | 검은 고양이(포 단편선) | 에드거 앨런 포
포 최고의 미스터리 세계를 보여 준 호러 문학의 걸작

6 | 예언자 | 칼릴 지브란
'현대의 성서'로 불리는 책

7 | 젊은 베르테르의 슬픔 | 요한 볼프강 폰 괴테
세기의 철학가와 문인들의 찬사를 받은 대표작

8 | 독일인의 사랑 | 프리드리히 막스 뮐러
잊히지 않는 낭만적 사랑의 향기 / 독일 낭만주의 시인 막스 뮐러의 유일 순수문학 작품

9 | 이방인 | 알베르 카뮈
노벨 연구소 선정 최고의 세계문학 100선 / 1957년 노벨문학상 수상작
대한민국 명사 101인의 대표 추천작 / 연세대학교 필독도서 / 미국대학위원회 선정 SAT 추천도서
〈타임〉지 선정 세상을 움직인 책 100권

10 | 데미안 | 헤르만 헤세
노벨문학상 수상 작가 / 20세기 일대 센세이션을 일으킨 성장 소설의 고전
서울시 교육청 추천도서

11 | 그리스인 조르바 | 니코스 카잔차키스
미국대학위원회 선정 SAT 추천도서 / 한국간행물윤리위원회 선정추천도서
한국출판인회의 출판인이 선정한 100권의 도서

12 | 위대한 개츠비 | 프랜시스 스콧 피츠제럴드
〈타임〉지 선정 현대 100대 영문소설 / 어니스트 헤밍웨이가 인정한 완벽한 일급 작품
20세기 100대 영문소설 1위 / 미국대학위원회 선정 SAT 추천도서 / 뉴욕 공립도서관 추천도서
대한민국 명사 101인의 대표 추천작 / WTO 북클럽 추천도서

13 | 도리언 그레이의 초상 | 오스카 와일드
미국대학위원회 고교 추천도서 101 / 대한민국 명사 101의 대표 추천작

14 | 벨 아미 | 기 드 모파상
모파상의 가장 매력적이고 파격적인 작품 / 19세기 파리를 뒤흔든 파격 스캔들
2012년 개봉한 영화 〈벨 아미〉 원작

15 | 이상한 나라의 앨리스 | 루이스 캐럴
난센스와 판타지의 대표작 / 아카데미 '미술상' 수상한 영화의 원작
19세기 가장 유명한 영국 아동문학 작가

16 | 두 도시 이야기 | 찰스 디킨스
영국이 낳은 가장 위대한 소설가 / 영화 〈다크나이트〉의 모티프
미국대학위원회 선정 SAT 추천도서 / 서울시 교육청 선정 청소년 필독도서

17 | 햄릿 | 윌리엄 셰익스피어
대한민국 명사 101인의 대표 추천작 / 서울대학교 권장도서 100선 / 서울대학교 동서고전 200선
연세대학교 필독도서 / 미국대학위원회 선정 SAT 추천도서 / 국립중앙도서관 선정 청소년 권장도서

18 | 오페라의 유령 | 가스통 르루
4대 뮤지컬 〈오페라의 유령〉 원작 소설 / 프랑스 최고 추리소설 작가

19 | 1984 | 조지 오웰
〈타임〉지 선정 세상을 움직인 책 100권 / 〈텔레그라프〉지 완벽한 도서관을 위한 권장도서 100
세계 3대 디스토피아 미래 소설 / 〈가디언〉지 권장도서 / 뉴욕 공립도서관 추천도서
하버드 대학생이 가장 많이 산 책 1위

20 | 수레바퀴 아래서 | 헤르만 헤세
대한민국 명사 101인의 대표 추천작 / 헤르만 헤세의 사춘기 시절 경험을 바탕으로 한 자전적 소설
노벨문학상 수상 작가/ 국립중앙도서관 선정 청소년 권장도서

21 22 23 | 안나 카레니나 1~3 | 레프 니콜라예비치 톨스토이
톨스토이 생애 최고의 리얼리즘 소설 / 서울대학교 권장도서 100선 / 서울대학교 동서고전 200선
연세대학교 필독도서 / 미국대학위원회 선정 SAT 추천도서 / 오프라 윈프리 북클럽 권장도서
논술 및 수능에 출제된 책(1998~2005)

24 | 오즈의 마법사 1 – 오즈의 위대한 마법사 | 라이먼 프랭크 바움
미국대학위원회 선정 SAT 추천도서 / 연세대학교 필독도서 / 국립중앙도서관 선정 우수 번역서

25 | 리어 왕 | 윌리엄 셰익스피어

대한민국 명사 101인의 대표 추천작 / 서울대학교 권장도서 100선 / 연세대학교 필독도서
미국대학위원회 선정 SAT 추천도서 / 〈가디언〉지 권장도서 / 세인트존스 대학교 권장도서
논술 및 수능에 출제된 책(1998~2005)

26 27 28 29 30 | 레 미제라블 1~5 | 빅토르 위고

저명한 문학비평가들이 극찬한 세기의 걸작 / WTO 북클럽 추천도서
2013년 개봉한 영화 〈레 미제라블〉의 원작 / 전자책 베스트셀러 1위(2013)

31 | 월든 | 헨리 데이비드 소로

미국대학위원회 고교추천도서 101 / 미국대학위원회 선정 SAT 추천도서

32 | 겨울 왕국(안데르센 단편선 1) | 한스 크리스티안 안데르센

어린이문학에 꽃을 피운 불멸의 작가 / 세계를 움직인 100권의 책 선정
노벨 연구소 선정 세계 100대 문학 작품

33 | 오만과 편견 | 제인 오스틴

서울대학교 동서고전 200선 / 연세대학교 필독도서 / 세인트존스 대학교 권장도서
〈텔레그라프〉지 완벽한 도서관을 위한 권장도서 100 / 〈가디언〉지 권장도서
미국대학위원회 선정 SAT 추천도서 / 국립중앙도서관 선정 청소년 권장도서

34 | 로미오와 줄리엣 | 윌리엄 셰익스피어

서울대학교 동서고전 200선 / 미국대학위원회 선정 SAT 추천도서
칼리지보드 선정 고교생 필독서 101권

35 | 바람이 분다 | 호리 다쓰오

미야자키 하야오의 애니메이션 영화 〈바람이 분다〉 원작

36 | 맥베스 | 윌리엄 셰익스피어

서울대학교 권장도서 100선 / 연세대학교 필독도서 / 미국대학위원회 선정 SAT 추천도서
국립중앙도서관 선정 청소년 권장도서

37 | 신곡 – 인페르노(지옥) | 단테 알리기에리

서울대학교 권장도서 100선 / 국립중앙도서관 선정 청소년 권장도서
미국대학위원회 선정 SAT 추천도서 / 〈뉴스위크〉지 선정 100대 명저

38 | 외투 · 코(고골 단편선) | 니콜라이 바실리예비치 고골

러시아 사실주의 문학의 지평을 연 작품

39 | 인간 실격 | 다자이 오사무

교육과학기술부 산하 사단법인 한국교육지원회 선정 아침독서 10분 운동 필독서
영화 평론가 이동진 추천도서

40 | 마지막 잎새(오 헨리 단편선) | 오 헨리

서울대학교 · 연세대학교 추천도서 / 서울시 교육청 추천도서
EBS 주최 북퀴즈 왕 선발 추천도서

41 | **오즈의 마법사 2 – 환상의 나라 오즈 | 라이먼 프랭크 바움**
미국대학위원회 선정 SAT 추천도서

42 | **좁은 문 | 앙드레 지드**
교육과학기술부 산하 사단법인 한국교육지원회 선정 아침독서 10분 운동 필독서

43 | **킬리만자로의 눈(헤밍웨이 단편선) | 어니스트 헤밍웨이**
국립중앙도서관 선정도서 / 남산도서관 선정도서

44 | **벤자민 버튼의 시간은 거꾸로 간다(피츠제럴드 단편선 1) | 프랜시스 스콧 피츠제럴드**
전미비평가협회 선정 ‘톱 10 작품’, 영화 〈벤자민 버튼의 시간은 거꾸로 간다〉의 원작
2013 화제의 영화 〈위대한 개츠비〉 작가, 피츠제럴드 단편선

45 | **광란의 일요일(피츠제럴드 단편선 2) | 프랜시스 스콧 피츠제럴드**
2013 화제의 영화 〈위대한 개츠비〉 작가, 피츠제럴드 단편선

46 | **천로역정 | 존 버니언**
성경 다음으로 많이 읽힌 기독교 3대 고전 중 하나 / 2003년 국립중앙도서관 선정 고전 100선

47 | **세 가지 질문(톨스토이 단편선 2) | 레프 니콜라예비치 톨스토이**
영어권 문학가들이 가장 좋아하는 작가 / 전 세계 거의 모든 언어로 번역된 필독서

48 | **갈매기(체호프 희곡선 1) | 안톤 체호프**
미국대학위원회 선정 SAT 추천도서 / 서울대학교 권장도서 100선

49 | **개를 데리고 다니는 여인(체호프 단편선 1) | 안톤 체호프**
서울대학교 동서고전 200선 / 노벨 연구소 선정 세계문학 100선

50 | **귀여운 여인(체호프 단편선 2) | 안톤 체호프**
노벨 연구소 선정 세계문학 100선

51 | **폭풍의 언덕 | 에밀리 브론테**
서울대학교 · 연세대학교 · 고려대학교 권장도서
1940 아카데미 상 최우수작 지명 〈폭풍의 언덕〉 원작

52 | **지킬 박사와 하이드 | 로버트 루이스 스티븐슨**
2004 한국 문인이 선호하는 세계 명작 소설 100선 / 브로드웨이 뮤지컬 역사상 가장 아름다운 스릴러 / 〈지킬 앤 하이드〉 원작

53 | **바냐 아저씨(체호프 희곡선 2) | 안톤 체호프**
서울대학교 권장도서 100선 / 노벨문학상 수상자 네이딘 고디머, 앨리스 먼로의 표본

54 55 | **이솝 이야기 1~2 | 이솝**
어린이독서위원회, 서울 독서교육연구회 권장도서

56 | **오즈의 마법사 3 – 오즈의 오즈마 공주 | 라이먼 프랭크 바움**
미국대학위원회 선정 SAT 추천도서

57 | 주홍색 연구(셜록 홈스 시리즈 1) | 아서 코난 도일
영국 BBC 제작, KBS 방영 〈셜록〉의 원작 / 대한민국 대표 추리 소설가 백휴의 작품해설 수록

58 | 네 개의 서명(셜록 홈스 시리즈 2) | 아서 코난 도일
영국 BBC 제작, KBS 방영 〈셜록〉의 원작 / 대한민국 대표 추리 소설가 백휴의 작품해설 수록

59 | 배스커빌 가의 개(셜록 홈스 시리즈 3) | 아서 코난 도일
영국 BBC 제작, KBS 방영 〈셜록〉의 원작 / 대한민국 대표 추리 소설가 백휴의 작품해설 수록

60 | 공포의 계곡(셜록 홈스 시리즈 4) | 아서 코난 도일
영국 BBC 제작, KBS 방영 〈셜록〉의 원작 / 대한민국 대표 추리 소설가 백휴의 작품해설 수록

61 | 페스트 | 알베르 카뮈
노벨문학상 수상 작가 / 1947년 프랑스 비평가상 수상 / 서울대학교 권장도서 100선

62 | 무기여 잘 있거라 | 어니스트 헤밍웨이
노벨문학상 수상 작가 / 〈타임〉지가 뽑은 20세기 최고의 문학 100선
미국 대학 위원회 선정 SAT 추천 도서 / 서울대학교 권장도서 200선

63 | 야간 비행 | 앙투안 드 생텍쥐페리
1931년 페미나 문학상 수상 / 작가의 경험이 들어간 직업 소설

64 | 톰 소여의 모험 | 마크 트웨인
미국 현대문학의 효시 마크 트웨인의 대표작 / 일본 후지TV 애니메이션 〈톰 소여의 모험〉 원작

65 | 프랑켄슈타인 | 메리 셸리
오늘날 SF소설의 선구 / 과학기술이 야기하는 사회적, 윤리적 문제를 다룬 최초의 소설

66 | 마음 | 나쓰메 소세키
서울대 권장도서 100선 / 일본의 셰익스피어 나쓰메 소세키의 대표작

67 | 노예 12년 | 솔로몬 노섭
2014 아카데미 시상식 3관왕 〈노예 12년〉 원작 / 노예 해방의 도화선이 된 작품

68 | 성냥팔이 소녀(안데르센 단편선 2) | 한스 크리스티안 안데르센
SBS 드라마 〈신의 선물-14일〉 메인 테마 도서 / 어린이문학에 꽃을 피운 불멸의 작가

69 70 | 제인 에어 1~2 | 샬럿 브론테
150년간 사랑받은 로맨스 소설의 고전 / 미국 대학위원회 선정 SAT 추천도서
영국 〈가디언〉이 선정한 세계 100대 최고의 소설 / 연세대학교 권장도서
영국 BBC 조사 영국인들이 가장 사랑하는 소설 100선 / 현대 여성들이 가장 사랑하는 필독서

71 | 예수의 생애 | 찰스 디킨스
2014년 개봉 〈선 오브 갓〉 원작 / 종교철학자 헤겔의 사상을 만든 고전
대문호 찰스 디킨스의 숨은 명작

72 | 싯다르타 | 헤르만 헤세
대한민국 명사 시인 장석남이 강력 추천한 작품 / 출간과 동시에 10만 부가 넘게 팔린 역작
진정한 자아를 깨닫기 위해 늘 고민하던 헤르만 헤세의 자전적 소설

73 | 신곡-연옥 | 단테 알리기에리
서울대 권장도서 100선 / 미국대학위원회 선정 SAT 추천도서
국립중앙박물관 선정 청소년 권장도서 / 〈뉴스위크〉 선정 100대 명저

74 75 | 테스 1~2 | 토머스 하디
미국 영국 BBC 선정 영국인이 사랑한 책 100선 / 서울대 추천 고등학생 권장도서 100선

76 | 신데렐라(샤를 페로 단편선) | 샤를 페로
프랑스 아동 문학의 아버지 / 영화 〈말레피센트〉원작

77 | 미녀와 야수(보몽 단편선) | 잔 마리 르 프랭스 드 보몽
변신 모티프의 전형을 완성 / 미야자키 하야오와 디즈니 애니메이션 원작

78 79 80 | 웃는 남자 1~3 | 빅토르 위고
빅토르 위고가 최고로 자부한 걸작 / 출간 당시 전 유럽을 충격에 빠트린 문제작
뮤지컬, 영화 등 여러 매체로 알려진 〈웃는 남자〉의 원작
한국간행물윤리위원회 선정 청소년 권장도서(2007)

81 | 마담 보바리 | 귀스타브 플로베르
사실주의 문학의 거장 귀스타브 플로베르의 대표작 / 서울대학교 추천 도서 100선
외설적이라는 이유로 19세기 교황청 금서목록에 선정된 작품 / 〈뉴스위크〉지 선정 100대 명저

82 | 별(도데 단편선 1) | 알퐁스 도데
자연주의와 인상주의의 절묘한 조화 / 서정적인 감수성과 아름다운 문체
부산시 교육청 선정 중학생 권장도서 / 포스코 교육재단 선정 중학생 필독도서

83 | 보이첵(뷔히너 단편선) | 게오르그 뷔히너
세계 최초로 한국에서 뮤지컬화 된 〈보이첵〉의 원작
시대를 폭로하는 천재 작가의 현실감 넘치는 작품

84 | 오셀로 | 윌리엄 셰익스피어
셰익스피어 4대 비극 중 하나 / 〈뉴스위크〉 선정 100대 명저 / 서울대학교 권장도서 100선

85 | 변신(카프카 단편선) | 프란츠 카프카
소외된 인간이었던 작가의 갈등과 고독을 반영 / 서울대 추천도서 100선 / 명사 101명이 추천한 파워클래식

86 | 피노키오 | 카를로 콜로디
월트 디즈니 인생 최고의 애니메이션으로 재탄생
스티븐 스필버그 감독의 2001년작 〈A.I.〉의 모티브 / 260개 언어로 번역된 교훈적 내용

87 | 세상을 보는 지혜 | 발타자르 그라시안 · 쇼펜하우어
세기를 아우르는 저명한 철학자가 쓰고 철학자가 옮긴 대표적인 작품
세상을 살아가는 데 꼭 필요한 빛나는 지혜를 전수해 주는 인생 처세서

88 | 마지막 수업(도데 단편선 2) | 알퐁스 도데

중 • 고등학교 국어 교과서 수록 작품 / 교육청 선정 청소년 권장도서 100선

89 | 키다리 아저씨 | 진 웹스터

출간 이래 100년 동안 사랑받아 온 스테디셀러 / 세상의 편견을 뛰어넘은, 편지 형식 소설의 대명사

90 | 키다리 아저씨 2 —그 후 이야기 | 진 웹스터

미국 • 일본 • 한국에서 2차 창작된 작품의 속편 / 여성의 대외 활동을 고양시킨 사회적 걸작

91 92 93 | 피터 래빗 이야기 1~3 | 베아트릭스 포터

세상에서 가장 사랑받는 토끼 이야기 / 자연 보호와 동물 존중 사상이 담긴 작품

94 95 | 드라큘라 1~2 | 브램 스토커

지금까지 가장 많은 동명의 영화로 제작된 고딕 소설의 대명사

2004년 뮤지컬로 만들어져 브로드웨이 초연 이후 세계 각국에서 사랑 받아온 작품

96 97 98 99 | 카라마조프가의 형제들 1~4 | 표도르 도스토옙스키

신 • 종교, 삶 • 죽음, 사랑 • 욕망 등 인간 내면의 본성의 문제를 다룬 작품

정신분석학자 프로이트가 꼽은 세계문학사 3대 걸작 중 하나

100 | 하늘과 바람과 별과 시 | 윤동주 (양승갑 영작)

요절한 천재 민족 시인의 유고시집 / 대중성과 문학성을 겸비한 시인 김경주 추천작

101 | 정글북 | 러디어드 키플링

영미권 작품 최초, 최연소 노벨문학상 수상작 / 정글의 생명력을 담은 자연친화적 작품

가의 아버지 존 록우드 키플링이 직접 그린 삽화 및 기타 삽화가들 그림 삽입

102 | 거울나라의 앨리스 | 루이스 캐럴

난센스와 판타지의 대표작 《이상한 나라의 앨리스》 속편

거울 속으로 떠난 앨리스의 두 번째 모험 이야기

103 | 마테오 팔코네(메리메 단편선) | 프로스페르 메리메

프랑스 단편소설의 거장 메리메의 대표 단편선 / 비제의 오페라 〈카르멘〉의 원작자

104 | 빨강머리 앤 | 루시 모드 몽고메리

캐나다의 대표적인 소설가 몽고메리의 데뷔작 / 서울시 교육청 선정 청소년 권장도서

KBS TV '책을 말하다' 추천도서 / 일본 후지 TV 애니메이션 〈빨강머리 앤〉 원작

105 | 삶이 그대를 속일지라도(푸시킨 시선집) | 알렉산드르 푸시킨

러시아 리얼리즘 문학의 선구자이자 러시아 국민시인 푸시킨의 대표 시선집

106 | 도련님 | 나쓰메 소세키

일본의 셰익스피어 나쓰메 소세키를 인기 작가 반열에 올린 작품

'책으로 따뜻한 세상 만드는 교사들(책따세)' 권장도서

서울시 교육청 '청소년을 위한 고전 콘서트' 도서 / 서울대학교 지정 수능필독도서

107 | 은하철도의 밤(겐지 단편선) | 미야자와 겐지

일본이 가장 사랑하는 동화작가 미야자와 겐지의 대표 단편선
일본 후지 TV 애니메이션 〈은하철도 999〉의 모티브

108 | 자기만의 방 | 버지니아 울프

20세기 페미니즘 비평의 선구자 버지니아 울프의 수필집
국립중앙도서관 선정 권장도서 / 서강대학교 권장도서 100선

109 | 플랜더스의 개(위다 단편선) | 위다(매리 루이스 드 라 라메)

멜로 드라마풍의 작품으로 유명한 영국의 아동문학가
서울시 교육청 선정 청소년 권장도서 / 일본 후지 TV 애니메이션 〈플랜더스의 개〉 원작

110 | 크리스마스 캐럴 | 찰스 디킨스

셰익스피어와 함께 영국을 대표하는 작가 찰스 디킨스의 중편소설
‘책으로 따뜻한 세상 만드는 교사들(책따세)’ 권장도서

111 | 탈무드

5000년에 걸친 유대인의 지혜가 담긴 책 / 서울대학교 지정 수능필독도서
포스코 교육재단 선정 초등학교 필독도서 / 경북교육청 선정 청소년 권장도서
백인제기념도서관 교양도서

112 | 호두까기 인형 | 에른스트 호프만

1892년 차이코프스키 발레 호두까기인형의 원작소설
2018 디즈니 애니메이션 호두까기 인형과 4개의 왕국의 원작소설

113 114 | 곰돌이 푸 1~2 | 앨런 알렉산더 밀른

2018 영화 ‘곰돌이 푸 다시만나 행복해’ 원작 동화 / 곰돌이 푸가 건네는 따뜻한 감성 메시지

115 | 인형의 집 | 헨릭 입센

여성 평등을 그린 선구자적인 작품 / 페미니즘 희곡의 대명사 / 노벨연구소 선정 세계 100대 문학

* 더클래식 세계문학 컬렉션은 계속 출간될 예정입니다.